Aux délices d'Amsterdam

Tome 1 : Noël sucré

Emily Chain

Aux délices d'Amsterdam

Tome 1 :

NOËL SUCRÉ

Emily Chain

ROMANCE

www.soromance.com

Chapitre 1
Tess

L'heure de pointe oblige mon chauffeur à s'arrêter pour la dixième fois. L'envie de sauter du taxi pour parcourir les derniers mètres est tentante, mais personne ne fait ça. Surtout pas une prochaine vice-présidente. C'est tout du moins ce que j'espère devenir, dans les minutes qui arrivent. Soixante heures de travail acharné par semaine, qui pourraient se révéler enfin payantes. « Un travail rigoureux apporte toujours satisfaction », comme le dit mon père. Et pour la première fois de ma vie, je me sens en accord avec ses propos.

Sept ans après mon entrée dans l'une des plus grandes firmes des Pays-Bas, nouvellement implantée dans le secteur de la gestion et de l'audit, rechercher des capitaux, négocier, trouver la perle rare pour la faire fructifier, c'est mon domaine. Je ne vis que pour ça depuis toujours.

— Trois minutes, madame, m'informe le conducteur.

J'ai l'habitude de passer par ce service de taxis, mais je ne connais pas personnellement ce chauffeur. Consciencieuse, je note sur mon smartphone qu'il vient de me prévenir poliment de mon arrivée imminente. Les données, un élément fondamental pour le bon fonctionnement de notre société. J'active l'application, restée en sommeil dans un coin de mon téléphone personnel, pour noter mon chauffeur. Les yeux rivés sur les notes, inscrites sur le petit bijou de technologie me servant pour le travail, je tapote un commentaire sur l'autre appareil.

Arrivée en retard sur temps estimé (cause probable : forte circulation). Le chauffeur est agréable, peu causant comme je lui ai demandé. Conduite souple (possibilité de travailler sans être gênée par des coups brusques de freins.) Voiture très bien entretenue. (Bonne odeur sans être entêtante.)
Note globale : 4,5/5.

Une fois ma note écrite, je l'envoie directement à la centrale. Mes doigts verrouillent à peine les deux appareils, quand le chauffeur s'arrête devant un immeuble de plusieurs dizaines d'étages. Je glisse un billet un peu plus élevé que la course dans la main qu'il me tend, sans lui prêter un seul regard. Ce n'est pas être généreuse que de valoriser un travail bien fait. C'est une question de justice.

Avant que le chauffeur tente de me redonner la monnaie, je m'éclipse de l'habitacle. L'air frais d'un début de mois de décembre me provoque de légers frissons que j'ignore, en observant une nouvelle fois l'immense tour de verre qui me fait face. En sept ans, je n'ai jamais eu la moindre sensation de lassitude à l'admirer ainsi. Un géant de verre, solide, représentant l'entreprise prospère où j'ai la chance d'évoluer.

Je m'avance sur l'avancée de galets lisses qui donne un aspect encore plus majestueux au lieu. Mes talons claquent bruyamment sur le sol gris, mais je ne m'en formalise pas. Le brouhaha constant de la ville de Rotterdam annihile ma propre présence. C'est ce que j'aime ici. Me noyer dans cette ville, où commerce et finance marchent main dans la main. Originaire d'Amsterdam, je ne quitterai pour rien au monde cette ville plus dynamique et prospère. Aucun touriste ne vient perturber mes journées et, ici, aucune vue romantique de canaux ne me soulève le cœur.

— Madame Abspoel, me salue chaleureusement l'hôte d'accueil.

Il est récurrent de voir de nouvelles têtes à ce poste. À chaque fois, je m'enquiers du nom et autre menu détail concernant l'employé. Connaître son entourage et être agréable est important quand on travaille autant que moi. Ce bâtiment est devenu un foyer, surtout ces derniers mois…

— Maarten, réponds-je, dans un demi-sourire.

L'appeler par son prénom lui provoque la réaction escomptée. Il baisse les yeux sur son ordinateur, une moue joyeuse sur les lèvres. Je sors mon badge de la poche de mon *trench* et active le portique de sécurité. Après un scan rapide de ma puce électronique, les portes s'ouvrent pour me laisser accéder aux cages d'ascenseur.

— Tess ! s'exclame Henri Coulier.

J'ai eu l'occasion de travailler à de nombreuses reprises avec ce talentueux financier français. Mais lui comme moi, en travaillant trop, nous avions oublié les limites des collaborations professionnelles. Sortir au restaurant pour parler travail, manger sur le pouce en plein milieu de la nuit, toujours plongés dans des dossiers sans fin et s'endormir l'un contre l'autre d'épuisement. Il avait vu là une marque d'affection de ma part. Tandis que j'avais simplement oublié de baliser notre relation à ce qu'elle était, une simple histoire d'affaires. Par principe, je ne mélangeais pas le travail et les sentiments. Plus depuis que j'avais appris que l'amour n'est qu'une arme dans ce milieu.

— Henri, quel plaisir ! lancé-je sans plus de cérémonie.

Mon ton n'est pas joyeux. Froid et professionnel.

Une grande blonde, légèrement en retrait fronce les sourcils, en le voyant me serrer dans ses bras, dans une étreinte un peu trop prononcée à mon goût.

Intriguée, je force mon collègue à nous présenter.

— Tu es en charmante compagnie aujourd'hui, fais-je remarquer en ne quittant pas des yeux cette inconnue.

Avant même qu'il puisse esquisser une réponse, cette dernière s'avance vers moi la main tendue.

— Eugénie Mansfield.

Aucun accent ne suinte dans sa présentation, ce qui ne me permet pas de savoir d'où elle vient.

— Tess...

— Je sais qui vous êtes, me coupe-t-elle avant de se détourner de moi pour rentrer dans l'ascenseur qui vient d'ouvrir ses portes.

La main d'Henri se pose contre mes hanches pour m'inciter à monter à la suite de l'inconnue. Son contact me hérisse le poil avant que je l'entende chuchoter :

— Pose pas de questions et monte.

Vexée d'être reléguée de la sorte, je m'apprête à lui répondre quand le nom de Mansfield me revient en mémoire. Il appartient à l'un de nos nouveaux actionnaires. Et si j'en crois Katlheen, ma secrétaire, cette famille n'est pas que fortunée.

Rouge de honte de ne pas avoir fait le lien immédiatement, je monte dans l'ascenseur en évitant le regard de cette blonde, à qui mon avenir dans cette entreprise appartient. Henri me suit de près, toujours trop proche de mon corps.

— Vous êtes ensemble, nous interroge-t-elle, tandis que l'ascenseur monte les premiers étages.

Hébétée, j'observe Henri et cette femme à tour de rôle. Ma première pensée est : en quoi cela vous regarde ? La deuxième : bien sûr que non, vous rigolez ? Ni l'une ni l'autre ne franchit mes lèvres avant que la réponse fuse de la part de mon collègue.

— Jamais mélanger travail et sentiment, Eugénie, voyons. Nous ne sommes pas des bleus. Encore moins Tess.

Le voir me défendre me touche. Notre dernière conversation remonte à plusieurs mois, tandis qu'il voulait qu'on démarre quelque chose en dehors de ces murs. Ma réponse froide et sèche à cette époque ne reflète en rien sa réponse d'aujourd'hui.

— Tant mieux, sinon ce qui suit aurait été compromis, déclare-t-elle, un sourire satisfait sur le visage.

Je n'ai jamais été très patiente en temps normal. C'est ce qui me pousse à l'excellence dans mon métier. Je déniche des pépites avec un large potentiel, je fais pression sur le propriétaire qui cède rapidement, avant même de se rendre compte de la vraie valeur de ce qu'il possède. Simple comme bonjour. Mais attendre de savoir les plans d'une blonde inconnue, ayant le pouvoir de me virer sur-le-champ, m'angoisse plus que de raison.

Le reste du trajet en ascenseur est pesant. Henri semble tout aussi tendu que moi, pendant qu'Eugénie tapote tranquillement sur son téléphone portable d'un air distrait. Le mien vibre plusieurs fois, mais je n'y accorde pas d'intérêt, trop tendue pour répondre à qui que ce soit.

— Après vous, nous invite Henri élégamment, en se plaquant contre la paroi de l'ascenseur pour nous laisser passer devant lui.

Si la situation avait été autre, j'aurais cru qu'il tentait un jeu de séduction avec cette blonde. À cet instant, j'aurais pu moi-même séduire cette femme, si cela pouvait m'assurer une place. Sauf que nous étions bien trop tendus pour faire quoi que ce soit.

« *Tant mieux, sinon ce qui suit aurait été compromis.* » La phrase tourne en boucle dans mon esprit. Qu'est-ce qui allait suivre ? Qu'aurait-on pu compromettre ? Je m'interroge encore quand le costume bleu cobalt de Bill Maas, mon chef et ami, se dégage d'une troupe d'hommes et de femmes sur leur trente-et-un. Mon tailleur simple, enfilé le matin sans autre cérémonie, me met mal à l'aise. Lors de mes jours de bureau où aucun rendez-vous n'est programmé, je ne prends pas la peine de me maquiller et mes cheveux ne sont retenus que par un simple élastique dans une queue de cheval plutôt décontractée. Mon entretien de ce matin ne devait être qu'en présence de Bill et au pire d'un ou deux de la comptabilité et des ressources humaines, rien avoir avec les pointures qui se présentent devant moi. Le premier à s'avancer est un homme au visage charmant, d'une cinquantaine d'années, les cheveux gris coupés très courts. Son costume fumé est en accord parfait avec ce qu'il dégage. Le seul point de couleur est dans ses yeux, d'un bleu céruléen.

— Jack Rius, représentant d'Altorium.

Son sourire communicateur n'arrive pas à me faire oublier qui il est. Le nom d'un des groupes majoritaires de notre entreprise augmente mon palpitant, tandis qu'une femme au tailleur vert amande, d'une quarantaine d'années vient prendre sa place.

— Eléonor Merber, RDH, se présente-t-elle dans un grand sourire. Responsable Développement Holding, rajoute-t-elle dans un murmure face à mon manque de réaction.

Je hoche la tête, sans penser à me présenter personnellement. Une chose me dit qu'ils savent tous parfaitement qui je suis.

— Nick J. Niels, ravi de vous rencontrer enfin, déclare l'un des plus jeunes de l'assemblée avant de prendre ma main pour y déposer un baiser.

Mes joues s'embrasent au moment où je tente de récupérer ma main. Le contact de ses lèvres chaudes sur ma peau me ramène des mois en arrière. Je secoue la tête pour chasser ces pensées et écouter les présentations des autres personnes présentes.

— Nous allons prendre place en salle de réunion, si vous le voulez bien.

La voix de Bill, emprunte d'une autorité naturelle, pousse tout le monde à l'intérieur de l'immense salle aux baies vitrées. J'ai toujours aimé cette pièce lors de nos réunions d'affaires ou de nos audits poussés jusqu'à très tard le soir. Mais aujourd'hui, elle me paraît menaçante.

Les actionnaires prennent place à l'autre bout de la table. À leur manière de faire, ils ont déjà eu une réunion avant celle-ci et ne semblent pas réfléchir à leur place. Plusieurs classeurs déjà éparpillés devant eux me donnent raison.

Henri s'assied à la droite de Bill, tandis que j'opte pour la chaise à sa gauche, quand Eugénie Mansfield pose sa main sur le dos de cette dernière.

— Ne vous asseyez pas, m'intime-t-elle, en s'installant aux côtés de mon patron.

Un peu perdue, je me retrouve debout, seule, pendant que le regard des actionnaires se pose un à un sur moi. Mal à l'aise, je me recule un peu de la table pour reprendre une contenance. Vais-je être virée ? Dans mes pires cauchemars, cela commençait plus ou moins comme ceci.

Je m'apprête à prendre la parole quand la porte de la salle s'ouvre sur mon assistante. Un bref soulagement apparaît sur mes traits, avant de voir qu'elle évite mon regard. Est-elle au courant de mon licenciement ? Une pointe de tristesse me gèle la poitrine. Kathleen fait partie des meilleures assistantes que j'ai pu avoir, nous étions assez proches pour nous sentir concernées quand l'une de nous deux avait un problème. C'est, tout du moins, ce que j'avais cru jusqu'ici.

— Voici les affaires de madame Abspoel, déclare-t-elle en posant un carton sur la petite table.

Des larmes remontent jusqu'à mes yeux sans que je puisse les contrôler. Ma mâchoire se sert pour m'empêcher de craquer devant cette assemblée. Mon assistante sort sans un mot ni un regard pour moi.

— Bon, si nous commencions tout de suite par le sujet qui nous intéresse tous.

J'arrête de respirer quand les actionnaires me lancent des sourires que j'interprète comme sadiques. L'homme nommé Nick J. Niels se redresse. Il racle sa gorge de manière théâtrale et plante son regard dans le mien. Je ne me démonte pas, trop fière pour les laisser me ridiculiser.

— Madame Abspoel, Tess, n'est-ce pas ? commence-t-il en faisant mine d'observer le dossier qui est devant lui.

À sa manière de se tenir, je sais qu'il connaît précisément chaque détail de mon cas. Son dossier ne lui sert que dans son rôle.

— Madame Abspoel, lui réponds-je sans émotion.

Ma réponse lui tire un sourire amusé. Ses doigts glissent sur le premier papier de la liste. Malgré moi, j'ai envie de savoir ce qu'il y a d'inscrit. Peut-être n'est-ce que son reçu de petit-déjeuner ou sa liste de courses. Ou, cela retrace des erreurs commises par moi ces dernières années et qui les autorisent à me licencier sans sommation. Selon moi, je suis l'une des négociatrices les plus prolifiques de l'entreprise, mais on peut toujours se planter.

— Vous avez un parcours atypique, continue-t-il en ne relevant que rarement les yeux vers moi.

Je déglutis. Mon curriculum est sans bavure, sauf une tache indélébile, deux ans auparavant. L'erreur de ma carrière. Celle qui m'a obligée à travailler dix fois plus pour être au même niveau que les autres. Une faiblesse. Un fourvoiement qui se nomme l'amour.

— Cependant, votre parcours est impressionnant. Surtout depuis onze mois. Quel travail !

Il paraît presque impressionné. Il est bon dans ce qu'il fait, c'est indéniable. Je commence à me détendre alors qu'il ne fait que débiter son rôle.

— Mais êtes-vous un bon élément ? Votre environnement peut-il exploiter complètement vos capacités ?

Il laisse sa question en suspens et j'hésite à répondre. Au moment où mes lèvres sèches se séparent pour lui apporter un semblant de réponse, il reprend :

— Je n'en suis pas sûr. C'est un euphémisme d'ailleurs, puisque nous sommes tous persuadés que vous n'êtes pas à votre place ici.

Voilà, il l'a dit. Je n'ai plus rien à faire ici. Je suis virée. Au bout de sept longues années acharnées, des mois à me reconstruire grâce à ce travail, on me jette sans plus de cérémonie.

Dans ce genre de situation, il y a ceux qui hurlent, qui pleurent ou qui courent. Moi, je suis l'autre pourcentage, celui qui sort des codes. Au lieu de m'écrouler, je monte un peu plus.

— Effectivement. Je ne suis pas à ma place ici. Mon talent pour dénicher les jeunes entreprises florissantes est indéniable. Vous le trouverez au niveau de votre page trois, entre les recettes de cuisine et votre bilan comptable. Je ne suis pas une novice. Quand je veux quelque chose, je l'obtiens. Ici, à Rotterdam, il n'y a plus rien à remporter. La magie de la nouveauté ne se trouve pas ici et...

— Justement, me coupe Eugénie en se levant. Vous n'avez plus rien à faire à Rotterdam.

Me virer passe encore, me chasser d'une ville par contre... Je m'apprête à rétorquer une petite insulte de ma collection, quand Bill se lève à son tour.

— Assez fait durer le suspense, mes amis ! s'exclame-t-il, un sourire sur les lèvres.

Il contourne la table pour se rapprocher de moi. La situation est irréelle. Son regard bienveillant et son sourire amical ne collent pas avec mon licenciement. Je sens un étourdissement pointer le bout de son nez, quand il me prend dans ses bras.

— Vous devenez la nouvelle vice-présidente de *Maas & Abspoel Holding*, basé à Amsterdam.

Sa voix me paraît lointaine. Un voile de douceur m'englobe, tandis que je m'éloigne petit à petit des visages flous qui se penchent au-dessus de moi.

Chapitre 2
Nolan

Le bruit de la minuterie du four me tire de mes pensées. Je secoue la tête un peu perplexe sur l'heure. Pour un dernier jour, je ne suis pas très présent... Lucas s'avance vers moi d'un air enjoué. Ce côté français rieur me manquera, il faut bien l'avouer. Ses boucles brunes indomptables qui sortent de sa charlotte et ses blagues foireuses dès le début de notre service.

— Tu rêves, Nolan ? me lance-t-il en prenant deux énormes tablettes de chocolat noir sur le comptoir.

Lucas est un as des préparations à base de chocolat. Si son père n'était pas l'un des plus grands chocolatiers de Paris, je lui aurais demandé de partir avec moi. Sauf qu'il a déjà à l'esprit de reprendre l'entreprise familiale après son père. Il lui faut juste endurer encore quelques années les ordres d'hommes tels qu'Alexandrov Mickael. Un des grands noms dans notre métier, implacable et extraordinaire.

En trois ans ici, j'ai tellement appris sur les différentes techniques de glaçage, cuisson, ganache... La liste est longue et les remerciements absents. Depuis qu'Alexandrov a connaissance de mon départ, il m'évite. Tout le monde ici n'est que de passage pour revenir dans son pays d'origine. Néanmoins, cet homme accepte difficilement qu'on le quitte.

— Prêt à t'enfuir ? me chuchote Lucas, comme s'il lisait dans mes pensées.

Son accent donne à son anglais une touche plus chaleureuse, que toutes les femmes de Varsovie semblent apprécier.

— Oui. Le pays me manque…

La lueur qui passe dans les yeux de mon collègue me fait comprendre qu'il ressent la même chose. Il secoue les tablettes devant lui pour expliquer sa fuite, même si je sais qu'il évite simplement cette conversation depuis des semaines.

Se faire des amis dans le milieu de la pâtisserie-confiserie n'est pas évident. Voire impossible en temps normal. Sauf pour Lucas et moi. Nous étions devenus comme des frères l'un pour l'autre. Moi, l'orphelin sans famille, lui, le fils unique d'un homme trop occupé à réussir pour être un bon père.

Trois jours après son arrivée à Varsovie, nous étions déjà en train de nous épancher sur nos vies, une bière polonaise entre les doigts.

— Pas de vodka, s'étonna la serveuse dans un anglais approximatif.

— Non, levure, c'est bon.

L'anglais très scolaire de Lucas avait fini de sceller notre amitié.

Maintenant que je repars aux Pays-Bas, l'idée de ne plus avoir les soirées picole et l'humour incompréhensible de mon ami me pèse. Si mon rêve ne m'attendait pas là-bas, j'aurais peut-être demandé à Mickael de rester encore quelques mois… Sauf qu'ici, je ne fais pas entièrement ce que j'aime. Malgré mon admiration pour le travail de

Lucas, le chocolat n'est pas mon sujet de prédilection. Seul le sucre et ce qu'il regorge me permettent de briller.

Je m'active sur ma dernière fournée quand la voix de Mélodie se fait entendre dans la boutique accolée à la cuisine.

— Dites-moi qu'il est encore là, pleurniche-t-elle.

— Il est déjà parti depuis une semaine, lui rabâche Martha, de la même voix lassée que les autres jours.

Lucas apparaît à ce moment-là en montrant le chiffre six de ses doigts.

— Elle a le record, elle, je crois ? s'amuse-t-il en tentant de se remémorer les dernières filles ayant cherché à le revoir après une nuit de folie passée dans son lit.

Je secoue la tête, sans faire de commentaire. Je n'ai pas grand-chose à lui dire, l'amour et moi, cela ne fait pas bon ménage. Les deux seules femmes que j'ai aimées m'ont été arrachées le même jour. Le souvenir du doux visage de ma mère me compresse l'estomac, avant que celui de ma première copine, Ellie, ne finisse de m'achever.

Des larmes invisibles coulent sur mes joues, tandis que la blessure se rouvre. Le rire de Lucas annihile légèrement cette sensation oppressante que leur souvenir me procure, mais pas assez pour les oublier.

— Je leur enverrai peut-être un faire-part de mariage, tu ne crois pas ?

C'est ce qu'il y a de tordu chez Lucas. Il connaît déjà la femme de sa vie. Une adorable Parisienne de bonne famille, éperdument amoureuse de lui depuis le primaire. Un amour sans accroc... Si on ne compte pas les dizaines de femmes qui passent dans le lit de mon ami, ici, en Pologne.

— Si tu veux éviter qu'elles parlent à ta Chloé le jour du mariage, évite, répliqué-je en m'appliquant à verser la ganache au miel sur les derniers gâteaux prêts à se retrouver dans la vitrine.

Le visage de mon ami s'assombrit quand la voix de Mélodie arrive jusqu'à nous.

— Il s'en mordra les doigts quand je m'amuserai de mon côté, lâche-t-elle, acide.

Voyant que quelque chose préoccupe mon ami, je termine rapidement la pose de la ganache avant de me retourner vers lui. Les bras croisés sur la poitrine, il semble réfléchir.

— Que se passe-t-il ? demandé-je.

— Si elle faisait comme moi ? Elle a peut-être rencontré quelqu'un d'autre… Et elle ne m'aime plus !

Honnêtement, je n'ai pas attendu cette conversation pour y penser de mon côté. Il paraît évident que cette Chloé se rend compte des agissements de son futur époux et la moindre des choses est de lui renvoyer l'ascenseur. Néanmoins, les femmes ne pensent pas comme les hommes.

— Elle t'aime, arrête de t'inquiéter. Pense à son anniversaire, sa fête, la Noël, le Nouvel An et la Saint-Valentin… Le reste attendra ton retour.

Je ne pense pas vraiment chacun de mes mots, mais après avoir tenté inexorablement d'arrêter ses agissements avec toute la jeune population de Varsovie, je tente une autre méthode.

Il me regarde d'un air pensif, avant de m'adresser un beau sourire niais.

— Je ne sais pas pourquoi t'entendre dire des choses pareilles me rassure, tu n'y connais rien à l'amour, toi. Mais bon… Je suppose que c'est pour ça que tu vas me manquer, soupire-t-il en enlevant son tablier. Allez, dernière tournée de bars, en souvenir des derniers mois !

Il ne sait pas pour Ellie. Comme personne. Mes blessures sont enterrées depuis bien longtemps sans possibilité de remonter complètement à la surface, juste assez pour me faire souffrir.

L'horloge indique 18 heures, la débauche. Aujourd'hui, elle paraît avoir un autre goût, plus amer. Une pointe de peur s'immisce aussi. Martha vient me retrouver dans les vestiaires, les yeux gonflés.

— Tu vas me manquer, mon petit, toi et ton talent, c'est certain. Que vais-je dire à la mère Strauss ? Et aux autres ?

Je lui souris, reconnaissant pour ces derniers mois en sa compagnie. C'est elle qui a insisté pour que je crée mes propres confiseries et le succès qu'elles engrangent augmente considérablement le chiffre d'affaires de la boutique. Même Mickael a dû se rendre à l'évidence que sa femme avait eu une bonne idée en m'offrant ma chance.

— Dommage que tu ne sois pas là pour *pierwszy dzień Bożego Narodzenia...* soupire-t-elle.

Les fêtes de Noël... Des semaines que j'entends ça. Comme si le monde s'arrêtait à cette période, pour entamer quelque chose de plus... Peut-être suis-je seul, c'est pour ça que je n'ai plus cet enthousiasme débordant pour cette partie de l'année. Mais revenir à Amsterdam changera ça, j'en suis persuadé.

— Noël avec le talent de Lucas pour les chocolats... Tu n'as aucune raison de t'en faire Martha ! la rassuré-je en la serrant une dernière fois dans mes bras.

L'odeur sucrée qui se dégage de ses cheveux me pince le cœur d'une pointe de nostalgie. En la côtoyant chaque jour, je me suis habitué à sa présence. Je retrouve un peu de ma mère en elle. Un bonbon rempli de douceur.

Partir et laisser derrière moi des personnes que j'ai appris à aimer offre un air de déjà-vu.

Le billet d'avion dans la main, appuyé contre l'un des immenses poteaux du hall de l'aéroport, je me revois partir d'Amsterdam, des années auparavant. Meurtri, seul et résigné. Aucun avenir, aucun souhait, si ce n'est oublier.

Vol en direction d'Amsterdam, porte d'embarquement numéro 4

La voix de l'hôtesse invisible indique la porte la plus proche d'où je me trouve. La compagnie, *Lot Polish Airlines*, s'affiche à côté des détails du vol. 2h10 de vol m'attendent avant de poser le pied chez moi.

Des années que je n'y suis pas retourné et pourtant, dès mon arrivée, les choses sérieuses commenceront. Le notaire a déjà tout prévu. Il ne manque plus que ma présence dans cette ville magique.

Cinq minutes avant 20h, l'avion décolle de Varsovie. La lumière de la ville polonaise m'offre un dernier regard sur les mois passés ici, avant de m'enfoncer entre les nuages.

J'ai à peine le temps de poser ma tête sur le côté qu'une hôtesse m'interroge sur ce que je souhaite prendre. Ayant perdu mes habitudes néerlandaises, je lui réponds dans un anglais impeccable, qui l'induit en erreur sur ma nationalité. S'ensuit une liste des mets typiques de chez nous que je me dois, selon elle, de goûter en atterrissant.

Elle s'éloigne de moi après un moment sans que j'aie pu la contredire. Cette parenthèse ne m'octroie qu'une légère sieste avant que l'avion n'entame sa descente. Les yeux gonflés par le demi-sommeil et une humeur moins joyeuse que je ne l'aurais souhaité pour un retour au bercail, je franchis les dernières marches de la passerelle.

Chapitre 3
Tess

L'air frais de la cabine, venant d'un système de climatisation inutile pour un mois de décembre, m'offre des frissons désagréables. Heureuse de porter un des derniers pulls en cachemire de la dernière collection de Marc Jacobs, je me glisse dans les rainures du siège pour éviter d'attraper froid en vol. Mon expression fermée montre à l'équipage que je ne souhaite en aucun cas être dérangée durant ce court vol transitoire.

De Rotterdam à Amsterdam, je n'ai pas le temps de penser à autre chose que les dernières heures écoulées qui me paraissent surréalistes. Par réflexe, je tapote nerveusement mon téléphone, sans pouvoir en enlever le mode avion, surveillée par une hôtesse au chignon noir impeccable. L'envie de lire les dizaines de félicitations sûrement reçues, par mes collègues et clients, me donne, un instant, un air béat.

Cette sensation de félicité ne dure qu'un instant, avant que je prenne conscience de ce qui m'attend. Avoir presque un mois de vacances devant moi m'effraie. Un repos forcé comme a voulu me l'expliquer Bill. Ma perte de connaissance n'ayant que renforcé l'impression d'urgence de cette pause. Me reposer, le seul moyen de donner le meilleur de moi-même à l'ouverture de ma propre filiale, selon lui.

Mon nom associé à celui d'un des plus grands négociateurs du pays. Cette idée a beau me réjouir, je m'interroge sur ce que je vais bien pouvoir faire durant un si long mois. L'idée de rester à Rotterdam pour cette pause forcée s'est logée dans mon esprit dans un premier temps. Avant qu'une culpabilité inconnue m'oblige à prendre un vol pour Amsterdam, ville de mon enfance, où mes parents tiennent un charmant *Bed and breakfast*, au cœur de la ville. Un lieu accueillant que je ne m'autorise à visiter qu'une fois l'an, pour les fêtes de fin d'année.

Noël n'est que dans quelques semaines, je prévois donc de faire un court séjour avant les fêtes et ne pas y retourner, prétextant un travail urgent, chez moi. Katlheen trouvera une charmante destination pour que je puisse passer les fêtes, au soleil, dans une détente totale. C'est ce que Bill souhaite pour moi et je ne suis pas totalement contre l'idée, après quelques heures de réflexion. Les derniers chiffres de mon secteur prouvent que je ne me suis pas reposée depuis un siècle. Il est temps d'accepter de souffler sans avoir peur de sombrer.

Je suis bien plus forte maintenant, qu'il y a vingt-quatre mois.

Une brise glaciale vient me frotter le nez, quand la voix d'une hôtesse nous prévient de l'arrivée imminente, à destination de l'aéroport d'Amsterdam. Sa manière de traduire sa phrase en trois langues me fait oublier la tranquillité de Rotterdam. Ici, les touristes grouillent en tous sens. Un simple bâtiment municipal devient l'attraction de la journée. Des familles entières posant devant, sans comprendre les indications en fer forgé sur la porte.

Lorsqu'elle entame sa traduction française, elle accroche sur le dernier mot. Elle s'excuse rapidement, en s'y reprenant une nouvelle fois. Les touristes francophones saluent son effort, d'une salve d'applaudissements. Je ne peux m'empêcher de lever les yeux au ciel. Féliciter un travail bien fait, oui. Féliciter une erreur, non. Même reprise. Dans la négociation, l'erreur est impardonnable. Un mot dit de travers et les relations se ternissent, pouvant jusqu'à faire louper un gros contrat.

Un enfant se chamaille avec son frère au moment où l'indicateur pour le port de la ceinture s'enclenche. Je soupire, persuadée que prendre un vol après 20 heures m'aurait épargné ce genre de désagrément. Un homme, en costume gris sombre, semble penser la même chose que moi, quand il lance un regard noir aux deux gamins. Le silence revient dans l'avion, entamant une descente presque agréable.

L'arrivée sur le sol amstellodamois ne m'enchante guère plus. Une fine pluie accompagne mes premiers pas sur ma terre natale, depuis des mois. L'air bougon, que j'ai depuis ma montée dans l'avion, ne s'atténue pas au moment de commander un taxi, via l'application de mon téléphone. La batterie clignote dangereusement, jusqu'à s'éteindre, m'obligeant à chercher une prise électrique dans le hall des arrivées. Après une recherche dénuée de patience, je m'approche d'un des points d'informations, pour demander où je pourrais trouver une prise pour mon chargeur de téléphone. Une hôtesse, charmante, mais incompétente, me demande d'attendre.

Impatiente, je tapote le comptoir, tandis qu'une de ses supérieures vient me renseigner :

— Il n'y a aucune prise disponible actuellement dans cette aile, pour cause de travaux. Vous en trouverez de l'autre côté, au niveau du hall des arrivées étrangères.

Sa réponse professionnelle, complète et rapide me convient parfaitement. Je lui glisse un sourire, agrémenté d'un remerciement pour son service et m'éloigne dans la direction indiquée.

Le plus souvent, mon voyage annuel se fait en train. Quelques fois en voiture, lorsque je n'y allais pas seule. Une époque révolue, depuis des mois. L'aéroport ne m'est donc aucunement familier. Lentement, j'observe les pancartes de direction pour ne pas me tromper de hall.

Un panneau « Hall d'arrivées - Vols extérieurs » m'indique l'endroit à suivre. Ma petite valisette, ne contenant que le minimum pour survivre ici quelques jours, roule derrière moi. Ne prendre que l'essentiel est une autre technique pour m'aider à quitter le cocon familial plus rapidement. Ma mère, une sublime blonde de soixante-six ans, est l'opposée de moi. Et quand il est question de famille et de fêtes de Noël, il n'est pas simple d'y échapper sans avoir prévu une ribambelle de stratagèmes futés.

— Regarde le panneau, papa, le *Polish Airlines* a atterri, s'exclame une jeune femme en sautillant d'impatience.

À voir le bambin qu'elle tient dans les bras, habillé d'un body « PAPA EST LÀ », l'heureux père semble être très attendu. Insensible aux retrouvailles potentielles d'une inconnue et de son amoureux, je me détourne des portes menant au tarmac, pour trouver la fameuse prise m'assurant une communication avec l'extérieur.

Un homme est affalé sur l'un des canapés, où se trouve en dessous une rangée de plusieurs prises. Sans un bruit, j'enclenche mon embout dans la première et m'éloigne, autant que mon fil de chargeur me le permet, de cet inconnu au sommeil lourd.

Ma jambe tremble d'impatience, pendant que le logo de la marque de mon bijou de technologie apparaît, pour me signifier qu'il se rallume. Mes yeux se perdent sur la foule qui sort de plusieurs portes de débarquement. Des familles s'enlacent, des couples s'embrassent et une personne, par-ci par-là, s'éloigne seule à la recherche comme moi, d'un moyen de locomotion rapide.

La dernière fois que je suis venue dans un hall d'aéroport, ma vie était en lambeaux. Mon cœur saignait abondamment sous le coup d'une trahison inattendue. Ma fierté volait en éclats à chaque message révolté de mes clients. Mon carnet d'adresses s'était égrené aussi vite que la vie que j'avais construite avec l'homme que je prenais pour celui d'une vie.

Ce souvenir imprimé en moi s'éloigne de mon esprit quand un bruit familier attire mon œil vers l'écran de mon smartphone. Après avoir composé mon code de sécurité, fameux sésame, il s'ouvre sur une dizaine de mails et textos récents.

Le mode avion n'a, semble-t-il, pas été apprécié de tous.

Je les ignore pour lancer mon application pour trouver rapidement un chauffeur. Hésitante, je consulte rapidement la liste de mes appels manqués, avant d'enregistrer l'adresse de destination. J'ai appelé Aurore, mon amie d'enfance, ce matin pour lui demander de m'héberger une nuit. Le temps que je trouve une stratégie de planning, face aux questions incessantes de ma mère, qui débuteront au moment où je franchirai les portes de leur maison d'hôtes.

Au téléphone, l'idée ne la dérangeait pas et elle a accepté avec plaisir. Mais son mari ne me porte pas réellement dans son cœur, depuis mon dernier passage à Amsterdam. Un dîner de préparation que je ne suis pas prête d'oublier. Personne, présent ce soir-là, n'en est capable malheureusement.

Soulagée de voir qu'elle n'a apparemment pas changé d'avis en m'appelant en catastrophe pour annuler, à renfort d'excuses béton, je valide la réponse rapide d'un chauffeur. Son temps d'arrivée est de moins de cinq minutes, ce qui me donne peu de temps pour sortir de ce hall et atteindre les parkings extérieurs. Sans perdre une seconde, je débranche mon câble et fourre le téléphone avec le fil encore connecté dans mon sac à main, posé sur ma petite valise.

Les chaussures à talons, que j'ai la mauvaise idée de porter, claquent sur le sol immaculé de l'aéroport. Me mélangeant au brouhaha ambiant, comme à la foule compacte devant les portes de l'aéroport, je me faufile tant bien que mal vers l'extérieur. L'air frais me happe instantanément. Le pull que je porte suffit à peine à ne pas me faire grelotter. Je regrette de n'avoir pas emporté avec moi une de ses adorables parkas, offertes par Kathleen à chaque début d'hiver.

Une pointe de nostalgie s'empare de moi, en imaginant le visage de mon assistante qui m'ignorait lors de la réunion pour ne pas fondre en larmes. Apprendre que je change de poste ne veut dire qu'une chose pour elle : notre collaboration s'arrête ici. Même si l'envie de lui proposer de me suivre à Amsterdam est tentante, je ne peux pas lui faire ça. Sachant pertinemment que son petit copain Justin, dont elle est éperdument amoureuse, vient à peine d'ouvrir son restaurant en plein centre de Rotterdam. Un projet fou et ambitieux, qu'elle soutient à cent pour cent. Retrouver une assistante compétente ne sera pas simple, mais Bill me laisse le temps de m'organiser à ma guise. Il m'a assuré que Kathleen pourrait continuer un temps à travailler à distance pour moi, histoire de trouver une ou un remplaçant de son niveau.

Je ressasse la logistique qui m'attend pour le mois à venir, quand une voiture, noire et rutilante, s'arrête à ma hauteur. À regarder les plaques du véhicule, elles correspondent à celles indiquées sur l'application. Mon chauffeur de la soirée sort du véhicule en me demandant si j'ai besoin d'aide pour ma valise. Un geste prévenant et tout de même vexant quant à la taille de cette dernière. Se rendant compte de sa demande maladroite, il m'adresse un large sourire qui me suffit à oublier sa proposition. Je m'installe à l'arrière avec ma valise, d'une taille ridicule comparée aux autres, trônant sur le bord du trottoir avec leurs propriétaires frigorifiés et impatients d'obtenir une voiture.

Le chauffeur rentre aussi et démarre sans perdre de temps. Le GPS sur son téléphone indique l'adresse d'Aurore, une charmante maisonnette à trois kilomètres du centre-ville. Excentrée et parfaite pour élever une ribambelle d'enfants, aux visages angéliques et aux QI surdéveloppés. Une vision casanière et élitiste, correspondant parfaitement à mon amie d'enfance et son compagnon, neurochirurgien et professeur d'université. « Aider l'évolution des générations futures est un privilège indescriptible », m'avait-il dit lorsque je lui avais fait remarquer que c'était rare de voir un neurochirurgien préférer faire des heures supplémentaires en amphithéâtre plutôt que rentrer chez lui, auprès de sa compagne.

Aurore avait coupé court à la conversation, connaissant nos deux caractères conflictuels. C'est en priant pour que son cher et tendre Frederek ne soit pas chez eux, durant mon très court séjour dans leur maison, que le chauffeur arrête sa voiture devant une jolie maison à la façade rouge brique.

— Vous voici arrivée, déclare-t-il en déclenchant son application.

Je lui souris, peu pressée de sortir sur le trottoir. Sans vouloir me jeter dehors, il tâtonne son volant en me fixant dans le rétroviseur. Je soupire en enclenchant la poignée de la portière. Le courant d'air glacial qui s'immisce dans l'habitacle me pousse à me dépêcher. Mes bottines à talons hauts heurtent le bord du trottoir quand je fais passer la valise sur mes genoux. Je la dépose sur le béton avant de me hisser hors du siège.

Mes mollets touchent un instant le bord glacé de la carlingue de véhicule, me provoquant des frissons jusque dans le dos.

Frigorifiée et seule, je regarde la voiture s'éloigner. Un bip de notification me fait baisser les yeux sur mon *smartphone*, toujours dans ma main.

Notez votre course

Pour la première fois, je repousse l'évaluation pour me retourner vers la maison qui me fait face. Prenant mon courage à deux mains, je m'avance dans la cour dallée avec goût. Typiquement, la maison parfaite pour une famille sortie d'un conte de Noël.

Une lumière rouge attire mon attention au-dessus de la porte d'entrée en bois exotique. Le visage joufflu d'un père Noël en plastique m'observe, un sourire niais collé sur les lèvres, sa petite main mécanique bougeant au rythme de la brise fraîche venant du Nord.

Mes cheveux attachés en un chignon lâche s'échappent de l'élastique pour venir se loger sur mon visage. D'une main, je les coince à l'arrière d'une oreille. J'ignore les ronds de houx sur la porte quand j'appuie sur le carillon électronique installé sur le côté. Je ne m'extasie pas face à la beauté de l'homme qui m'ouvre. Cachant tant bien que mal ma déception, je le salue d'un signe de tête sobre. Il me le renvoie, avant de reculer pour me laisser entrer. Je le remercie entre mes dents serrées et m'avance vers le salon de mon amie.

Le hall crème détonne avec les couleurs parme et verte qui décorent la pièce principale. Un immense sapin trône en son centre, brillant de boules pailletées. Aurore m'accueille avec un large sourire, laissant le magazine féminin qu'elle dévorait assidûment sur la table basse en chêne blanc. À l'opposé de son compagnon, elle paraît heureuse de me voir.

— Ma chérie, s'exclame-t-elle en me prenant dans les bras. Quel bonheur de te voir ici !

Ignorant le lever de sourcils de son cher et tendre, elle m'invite à m'asseoir sur l'immense canapé blanc qui domine la pièce. Sa décoration, chic et travaillée, me fait retourner à une enfance depuis longtemps révolue. Aux odeurs de pains d'épices dans la maison de mes parents, décorée par ma sœur et moi. Mes yeux brillants de nostalgie sur ces instants d'innocence, je remercie mon amie de m'héberger une nuit.

— Tu rigoles, j'espère ? J'aimerais tellement que tu restes plus, n'est-ce pas, Fred' ?

Elle interpelle son homme, le visage rayonnant. Il bougonne une réponse avant de s'éloigner. La mauvaise humeur de son compagnon ne semble pas pouvoir altérer la sienne. Elle sautille sur le canapé, impatiente de me raconter les derniers détails de sa vie. Sa main virevolte à droite et à gauche de mon visage, avant que je ne comprenne la signification de cette explosion de joie. Un diamant, aussi gros que mon pouce, trône sur l'annulaire de sa main gauche. Sa bague de fiançailles scintille autant que les boules de son sapin de Noël.

— Je vais devenir Madame DE KUYPER, déclare-t-elle.

Je lui lance un vague sourire, un peu déstabilisée d'apprendre la nouvelle de cette manière. Le mariage est la dernière conversation que j'ai envie d'avoir en ce moment. Mon retour à Amsterdam est suffisamment éprouvant comme ça.

— Quand ? soufflé-je.

Elle se gratte la tête, mal à l'aise. À l'évidence, ce geste lui est familier dernièrement, au vu de l'énorme plaque rouge qui se dessine au bord de son cuir chevelu.

— Nous allons faire un mariage, simple et rapide, me dit-elle.

Je hausse les sourcils, n'ayant pas l'habitude de voir mon amie faire les choses discrètement et bâclées. Depuis toujours, elle organise sa vie comme une horloge. Même sa rencontre avec Frederek était préméditée...

— Il viendra avec son frère, Tess. Tu l'occuperas quelques minutes le temps qu'on fasse connaissance et qu'il tombe amoureux de moi, m'avait-elle briefée avant notre arrivée à la soirée étudiante, marquant le début de leur relation.

Pas une seconde, elle n'avait douté. Son organisation lui servant de parachute doré. Contrairement à moi qui avais perdu des plumes, à jouer sans filet.

Je fronce les sourcils face à cette nouvelle qui ne lui ressemble pas. Aurore m'adresse un sourire de connivence, appuyé par un clin d'œil, avant de poser son index droit sur ses lèvres. Elle m'attrape une main en même temps pour l'amener vers elle. Au moment de toucher son ventre, je recule de quelques centimètres par réflexe, avant de voir qu'elle insiste.

— Personne ne doit savoir avant le mariage. Tu connais la famille de Frederek, chuchote-t-elle.

Mes doigts posés sur le petit ventre arrondi de mon amie, je comprends mieux cet engagement précipité. Bien qu'ils se fréquentent depuis le début de l'université, Aurore n'a jamais rêvé de mariage. Son objectif était de faire fleurir son entreprise de cosmétique, pas d'élever une ménagerie avant trente-cinq ans.

C'est du moins ce que je pensais, avant de voir ses yeux brûlés d'amour pour la légère bosse qui se devine sous sa longue robe-pull en laine.

Pour ce qui est de Frederek, il a repris récemment une partie de l'entreprise familiale. D'une famille noble, les codes sont extrêmement importants. Un enfant hors mariage dans le clan des de Kuyper est intolérable. Cela va sans dire.

— De combien ?

Ma question me paraît appropriée, sans être indiscrète.

— Seulement quelques semaines. C'est pour ça que nous n'aurons pas le temps d'organiser un somptueux mariage. Il a annoncé à ses parents que nous rêvions de fonder une famille après l'achat de cette maison, qui s'y prête heureusement. Ils ont trouvé cela précipité, ont tenté de l'en dissuader. Puis, comprenant que c'était sa décision, Marie-Hélène a pris les rênes de l'organisation. Nous nous marions le dix-neuf décembre.

Le délai incroyablement court me laisse pantoise. Les yeux de mon amie me fixent, tandis que rien ne veut sortir de ma bouche. Des fiançailles, un bébé en route, un mariage dans moins d'un mois… Les informations se bousculent difficilement dans mon esprit quand son futur époux brise le silence de son retour.

— Tomàs aimerait venir dîner, déclare-t-il.

Aurore réagit plus rapidement que moi à l'annonce de leur potentiel invité. Elle fusille son fiancé, qui ignore son regard noir pour se planter dans les miens. Incapable de le regarder, j'observe mes mains tremblantes, retombées sur mes genoux.

La tête me tourne depuis qu'il a prononcé son prénom. Ma bouche s'ouvre à la recherche d'un brin d'oxygène. Je sens ma peau rougir, des frissons me parcourir, tandis que je perds, pour la deuxième fois de la journée, connaissance.

Chapitre 4
Nolan

L'avion n'ayant aucune minute de retard, la foule sort joyeusement du hall d'arrivée pour rejoindre leur famille. Un militaire, assis non loin de moi dans l'avion, se rue sur un vieil homme, sûrement son père, sa femme et un jeune bambin arborant fièrement un *body* ridiculement touchant, signifiant que son père revenait.

En temps normal, cette scène, dans le mois de Noël, m'aurait ému, mais les souvenirs liés à cet aéroport sont trop douloureux. Petit, mon grand-père répétait sans cesse : un aéroport est le lieu des sentiments. Le regret de voir quelqu'un partir sans savoir le retenir ou celui de ne pas s'envoler avec, la tristesse d'un départ sans connaître la date des retrouvailles, la joie de l'évasion et de l'aventure, la peur de l'inconnu et d'oublier d'où l'on vient... Et la colère de se sentir obligé de partir sans se retourner.

La mêlasse, qui me soulève le cœur, représente bien les paroles de mon grand-père. Dans cet aéroport, j'ai eu des bons, d'excellents souvenirs. Dans les bras de personnes que j'aimais profondément. Des baisers échangés et des rires nerveux partagés. Quelques larmes de tristesse. Mais la dernière fois que mes pieds ont foulé ce sol, il n'y avait que peur et colère, accompagnées d'un lourd sentiment d'abandon.

Incapable de voir ce qui m'entourait, j'avais pris le premier avion sans me soucier de la direction. Un automate brisé, prenant une destination de dernière chance.

Je m'avance dans la foule en évitant de croiser le regard larmoyant des retrouvailles. Deux femmes semblent se trouver dans la même situation que moi, une arrivée seule, sans comité d'accueil. La première, une rousse d'une tête de plus que moi, arrête qui veut bien l'aider, dans un russe fluide. Par chance, un homme d'une cinquantaine d'années la comprend et lui indique la direction des hôtesses. Un immense sourire illumine son visage, au moment où je passe près d'elle. La deuxième est une femme d'à peu près soixante ans. Un air bougon sur le visage, elle compose un numéro sur son téléphone, pour le porter tout de suite à son oreille. Avant de l'entendre se plaindre à la personne qui était sans aucun doute son comité d'accueil, je m'éclipse du hall. Je me dirige vers le tapis de récupération des bagages, sereinement. Je ne suis pas pressé par le temps. Les clefs de mon chez-moi tintent dans ma poche.

L'immense valise grise, contenant l'intégralité de mes effets personnels des vingt-six dernières années, passe dans les premières. Je l'attrape aisément et me dirige vers la sortie. L'air frais de l'extérieur ne me surprend pas. Je remonte la fermeture éclair de mon blouson épais et hèle un taxi non loin. Ma voix forte m'obtient en quelques secondes une voiture, que je propose de partager avec deux Anglaises frigorifiées et timides. Elles s'échangent un regard surpris avant d'accepter.

Le chauffeur ouvre son coffre, pour que j'y mette ma valise. En faisant honneur à l'éducation inculquée par ma mère, je tends les bras vers les bagages des deux jeunes femmes. Elles acceptent volontiers mon aide pour loger leurs deux valises, heureusement pour nous, de tailles moyennes comparées à la mienne.

Ensuite, nous nous installons silencieusement à l'arrière, un peu mal à l'aise. Pour briser cette ambiance pesante, j'indique en premier ma destination. Elles s'observent un instant avant de garder le silence, préférant sûrement ne pas donner leur adresse de résidence à un inconnu, ce qui me paraît plus que raisonnable de leur part.

— Vous restez longtemps à Amsterdam ? m'enquiers-je en anglais.

La plus souriante des deux me répond ne pas savoir encore, attendant de voir si le lieu est ce qu'elles souhaitent pour passer les fêtes de fin d'année. Mon sourire s'illumine au moment où je leur réponds qu'il n'y a pas meilleur endroit au monde pour fêter Noël.

Pour la première fois, je ressens la nostalgie et le manque cruel de cette ville dans ma vie. Rougissante, la plus timide me demande mon nom.

— Nolan, confiseur et amoureux de Noël à Amsterdam, réponds-je, dans un sourire charmant.

Elles papillonnent toutes deux des cils avant que la situation ne me rattrape. Mon sourire se fige. Je me revois avec elle, dans un taxi semblable, à nous chamailler sur l'importance de Noël dans ma vie. Sur mes traditions ridicules et son pull-over vert émeraude en accord avec notre futur sapin. Je la vois, le sourire aux lèvres, et j'en oublie les deux Anglaises. Assez pour me sentir désorienté quand l'une d'elles se racle la gorge pour me ramener à la réalité. Une larme solitaire coule sur ma joue. Je me reprends et m'excuse, en me rapprochant de la fenêtre de mon côté. Je les ignore le reste du trajet, m'interdisant de refouler de vieux souvenirs pour mes premiers instants ici.

Le chauffeur me prévient qu'il ne peut pas m'amener juste devant chez moi, à cause de travaux d'évacuation. Je le remercie pour sa course, la paie au prix global et sort de la voiture sans un regard pour les deux jeunes femmes.

Avant de gêner la circulation, déjà compliquée par les travaux, je me dépêche de récupérer ma valise d'une main. L'extirper du coffre bien rempli est plus aisé que je ne l'aurai cru. Son poids me paraît bien léger en comparaison à ce qui pèse dans mon cœur.

Suis-je revenu trop tard ? C'est la question que je me pose quand j'entre dans ma nouvelle rue. Le notaire m'a explicitement détaillé mon nouveau chez-moi. Devenir acquéreur sans voir le bien est une chose nouvelle pour moi. Cela m'apporte le petit piquant dont j'ai besoin en cet instant.

J'observe les devantures des maisons de ville qui arpentent la rue dans laquelle je viens de m'engouffrer. Les numéros défilent avant que je ne m'arrête devant l'auvent du numéro 31.

À l'image des autres maisons du quartier, elle est assez étroite et sur trois étages. Une immense fenêtre agrémente le premier étage, comme dans mon souhait. Je glisse ma main, glacée par le froid de l'hiver, dans ma poche de blouson pour en sortir les trois clefs envoyées par courrier il y a plusieurs semaines, grâce aux bons soins de mon notaire.

La plus grande des trois me semble être celle de la porte d'entrée. Je m'avance, en soulevant les roues de ma valise, pour monter les escaliers jusqu'au seuil. Nerveux, je dois m'y prendre à deux fois avant de réussir à enfoncer la clef dans la serrure, pour la déverrouiller.

Un clic résonne, m'invitant à pousser la porte. Une odeur de cannelle se répand autour de moi. Je souris à l'idée que Gustave, mon consciencieux notaire de famille, ait pensé à faire nettoyer la maison avant ma venue.

Le vestibule moderne me conforte dans l'idée que ce lieu ne peut être qu'agréable. Je dépose mon blouson sur le portemanteau, glisse les mains dans mes poches pour en vider leur contenu, dans le panier posé à cet effet sur un meuble d'angle, et me dirige vers le reste de la maison. Un immense escalier me fait face. Je le contourne pour me retrouver dans un salon donnant sur une cuisine fermée de doubles portes.

« Une cuisine fermée lorsque tu créeras et ouverte quand tu recevras », m'avait-il dit. Recevoir... Sauf pour lui et son adorable épouse, je ne me vois pas m'affairer ici, pour une personne inconnue.

J'oublie cette idée pour découvrir ma pièce favorite. Les battants menant à la cuisine se décalent, sans un bruit, pour laisser place à un joyau. Un plan de travail en marbre, une cuisinière rutilante, un réfrigérateur haut de gamme et trois fours superposés sur une colonne de bois blanc.

Satisfait de la cuisine, déjà impressionnante en photo, je m'arrête sur un élément rajouté. Un sourire s'étale sur mon visage face à la jolie attention qui m'attend sur le plan en marbre. Ingrid, épouse de mon notaire et surtout vieille amie de ma famille, m'a laissé un panier de douceurs.

Pour te sentir chez toi, je sais que tu as besoin de créer.
Voici quelques ingrédients qui t'y aideront.

Son écriture fluide, faite d'encre noire, brille sur le papier nacré déposé dans son présent. Son attention touchante me ravit quand je découvre le contenu du panier en osier : cannelle, miel, sucre cassonade, différents fruits, amandes, noisettes... Pressé de retrouver mes habitudes, je sors de la pièce pour déballer mes affaires au plus vite.

Selon les indications de Gustave au téléphone, la chambre que j'ai décidé d'occuper est au premier étage. Je monte les marches difficilement avec ma valise imposante dans les bras. À bout de souffle, j'atteins le premier palier. Soulagé de ne pas être tombé sous le charme d'une pièce de l'étage suivant, je pousse la première porte. Je souris en voyant que ce n'est que la salle de bain. De bon cœur, je recule et tente la deuxième porte. L'espace de cette chambre est intéressant, mais ce n'est pas encore celle que j'ai vue en photo. Je la referme pour tenter ma chance sur la prochaine pièce.

Sur le palier, j'observe la dernière porte, aussi excité qu'apeuré d'être déçu. Cette chambre représente bien plus que je ne veux l'admettre. Au moment où j'en franchis le seuil, les émotions provoquées par les photos me reviennent.

L'immense fenêtre avancée sur la route me ramène des années en arrière. Des flocons tombant dans la rue. Moi, enfant, émerveillé par ce changement soudain de saison. Par l'odeur réconfortante du feu de cheminée et des confiseries distribuées à la sauvette dans la rue.

Le parfum des fêtes de fin d'année m'envahit et je ressens presque l'odeur de mon chez-moi, celui que j'ai quitté précipitamment, il y a longtemps. Sentant mes yeux s'humidifier, j'avale ma salive et soulève ma valise pour m'affairer à ranger. Le bois craquelle sous mes pieds, donnant au lieu un charme ancien réconfortant.

Le rangement m'occupe un moment. Réfléchissant à l'organisation de ma chambre et des bibelots ramenés de Pologne. La figurine d'une femme légèrement vêtue, souvenir de Lucas, trouve sa place en haut de la cheminée en granit présente dans la chambre. Je pose à côté un cadre, où trônent trois visages que je n'ose pas encore regarder.

Une fois ce rangement fait, je m'écroule sur le lit, exténué par mon départ de Pologne et mon arrivée ici. L'heure avancée dans la nuit ne m'aide pourtant pas à trouver facilement le sommeil. Ce n'est qu'après quatre heures du matin que mes yeux acceptent enfin de se fermer, pour m'entraîner dans le silence régnant de ce quartier résidentiel. Mon corps se détend, sous la couette chaude prise dans l'un des placards, pour me plonger dans une nuit sans rêve, typique des dernières années.

Chapitre 5
Tess

Des cris provenant du salon me réveillent. Une texture soyeuse me recouvre le corps. Mes yeux papillonnent pour découvrir la chambre d'amis, décorée avec goût par Aurore. Un édredon fait maison est posé au bout du lit dans lequel je suis allongée. Je me redresse en constatant que je ne porte plus mes chaussures.

Le haut de mon crâne me lance. Je grimace en posant une main sur mon front brûlant. Définitivement, aujourd'hui n'est pas mon jour.

Je soupire et tends l'oreille pour comprendre d'où vient le bruit. Une conversation étouffée mais animée me parvient d'en bas. Je sors de la chambre pour me retrouver sur un palier à l'étage. Doucement, sans vouloir me faire remarquer, je m'avance vers la balustrade de l'escalier. Le tapis qui recouvre le bois étouffe mes pas. La silhouette d'Aurore, debout au centre du salon, se reflète dans un des miroirs de l'entrée. Ne pouvant pas voir ses expressions, je décide de m'asseoir. L'angle me permet de distinguer clairement la scène. Frederek est devant elle, le visage fermé.

— Tu étais obligé ? Je ne la vois jamais ! Un seul soir, c'était trop demander ? s'exclame sa fiancée.

Elle désigne plusieurs fois la porte et je me tends. Tomás est-il déjà là ? Est-il en route ? Ne vient-il pas ? Je tente de me rassurer sur la possibilité que cette discussion ne soit qu'une altération de mon esprit trop fatigué.

Un faible espoir que Frederek brise en répondant :

— Excuse-moi, chérie, mais ce ne sont pas des enfants. Ils peuvent rester dans la même pièce sans s'étriper, non ?

Je déglutis en posant ma tête sur les rebords frais de l'escalier en bois. Ce n'était donc pas un cauchemar. Tomás arrive sûrement. La bile me monte à cette simple possibilité. Les maux de tête s'intensifient et je me relève pour m'enfermer dans la chambre. Les jambes tremblantes, je parviens difficilement à atteindre le lit avant de m'écrouler, en pleine crise d'angoisse.

Vingt-quatre mois que j'évite cette situation. Je me reconstruis petit à petit, en évitant de penser à cet homme. Aux années de travail qu'il a ruinées et à la douleur encore vive qu'il a causée.

L'idée de fuir maintenant est tentante, mais que ferais-je s'il se trouvait sur le pas de la porte au moment de partir ? Rirait-il à ma manière lâche et enfantine de résoudre le problème ? Ou serait-il indifférent ? Cette dernière possibilité me brise encore un peu plus le cœur.

— Je ne suis pas prête, soufflé-je pour moi-même.

Ma sœur m'a dit que le revoir sans avoir une autre personne dans ma vie serait un véritable suicide sentimental.

Pour une fois, elle n'a pas tort.

Je me redresse, bien décidée à ne pas le laisser, une seconde fois, tout dévaster sur son passage. Mes yeux larmoyants qui se reflètent dans le miroir m'incitent à lutter contre cette pourriture.

— Trop de larmes ont coulé, cocotte !

Ma voix tremblante est loin d'être très convaincante, mais suffisante pour m'aider à me lever du lit pour fermer à clef la porte de la chambre. J'attrape une feuille du bloc-notes vierge posée sur la commode de la chambre et rédige un rapide mot pour Aurore, qui, la connaissant, ne va pas tarder à monter pour prendre de mes nouvelles.

Le voyage m'a épuisée. J'ai eu une superbe promotion et j'ai ordre de me reposer avant, je pense que je vais commencer tout de suite.

Le stylo bic neuf d'Aurore dans la main, je réfléchis à la suite de mon message. Je grimace en écrivant la dernière phrase, fausse et hypocrite.

Si Tomás passe, dis-lui que je prendrais un café avec plaisir un de ces quatre.

Je relis mon mot, soupire et le glisse sous la porte. Je n'attends pas d'entendre les pas de mon amie sur le palier pour me glisser dans le lit.

Le chauffage de la chambre me permet de m'endormir rapidement, sans distinguer le moindre bruit venant de l'étage inférieur.

*

— Tess ! TESS ! hurle une voix proche de moi.

Je me redresse avec un mal de crâne terrible. Des cadavres de bouteilles m'entourent. Le visage enfantin de Tomás est penché au-dessus de moi. Son haleine chaude me donne envie de l'embrasser, mais je me retiens. Le souvenir des derniers jours m'empoigne l'estomac et l'envie de le frapper revient. Mes yeux lui lancent des éclairs, tandis qu'il explose de rire.

— Tu étais bien moins drôle quand tu sortais avec moi, décrète-t-il en s'asseyant à mes côtés.

J'ai dû mal à me souvenir de l'endroit où nous sommes. Mes derniers souvenirs concernent le mariage de répétition. Mon mariage… La bile me monte à la gorge quand l'homme à côté de moi pose sa tête sur mon épaule.

— Tu m'avais manqué, Tessie, glisse-t-il, la bouche pâteuse.

Ma gorge se serre. Il m'a aussi tellement manqué. Il me manque encore, là, à cet instant. Mais il a détruit ma vie. C'est l'alcool qui me fait penser que je pourrais lui pardonner.

Dans un instant de faiblesse, je me laisse aller contre son crâne. Appuyés comme deux ivrognes, nous nous endormons la tête l'une contre l'autre.

*

Ensommeillée, j'ouvre les yeux vers six heures du matin. Je déverrouille par réflexe mon téléphone avant de me souvenir que je suis en vacances. Je grogne un coup avant de me retourner dans le lit pour compléter ma nuit de sommeil. Laissant choir mon téléphone allumé sur le matelas.

Après avoir tourné de droite à gauche durant plusieurs minutes, je dois me rendre à l'évidence que faire une grasse matinée n'est pas chose aisée, lorsqu'on a perdu l'habitude de se reposer depuis aussi longtemps que moi. Les souvenirs de mon cauchemar s'atténuent petit à petit. Seul le dégoût de Tomás sur mon épaule ne me quitte pas.

Je me redresse et décide de consulter mes emails sans abandonner la chaleur des draps.

50 nouveaux mails.

Je lève les yeux au ciel et consulte ceux qui me paraissent urgents. Deux de mes clients semblent s'inquiéter de mon changement de poste. Un autre ne croît pas à mes vacances et un quatrième vient se plaindre du travail bâclé de mon successeur, à peine quelques heures après l'annonce officielle du changement.

J'entreprends de répondre au dernier en premier. Je lui assure que mon successeur, dont il n'a pas encore pu voir l'étendue des capacités, est parfaitement à la hauteur de sa merveilleuse entreprise. Je lui souhaite une bonne fusion, suivant l'affaire depuis des mois, et passe aux mails suivants.

Les réponses me prennent plus d'une heure quand un nouvel email me laisse pantoise.

> *Nous avons accès à votre boîte mail professionnelle, Tess. On a dit un mois de vacances. Le boulot n'est pas une option dans ce genre de pause.*
> *Bonnes fêtes de fin d'année et à l'année prochaine.*
> *2 janvier dans notre entreprise.*
> *Bill Maas*

Le corps du mail m'oblige à fermer, malgré moi, l'application des courriers électroniques.

Je fixe mon téléphone sans savoir quoi faire d'autre. Il m'apprend qu'il n'est même pas huit heures. Je pousse un soupir. Mes pieds touchent le sol froid et se recroquevillent, regrettant déjà la chaleur du lit. Des frissons parcourent ma peau dévêtue et je m'empresse de reprendre mes vêtements de la veille, n'ayant pas accès à ma valise, sûrement restée dans le hall.

J'attache mes cheveux blond foncé en une queue de cheval lâche, qui met mes boucles naturelles en valeur. Une tenue décontractée, intolérable dans mon milieu. J'hésite à me les plaquer dans un chignon quand les paroles de Bill me reviennent à l'esprit.

— Vacances, Tess. On se détend et on profite.

Je tente de m'autoconvaincre en fixant mon reflet dans l'immense miroir au-dessus de la commode. Aurore a fait un travail remarquable avec cette maison. La chambre d'amis est chaleureuse et conviviale. Je m'y sens aussi bien que dans l'appartement en duplex que j'ai loué durant mes deux dernières années à Rotterdam. Un logement moderne mais froid, où la seule pointe personnelle était une plante achetée et installée par Kathleen lors d'une de ses visites. Je n'y passais guère de temps. L'endroit où je vis m'importe peu. C'est aussi pour ça que j'ai accepté que Bill me trouve un logement pour venir vivre ici à Amsterdam. Peu m'importe l'endroit, du moment que je peux aisément me déplacer pour mes rendez-vous et mes allées et venues tardifs au bureau.

Les belles maisons rustiques et pleines de charme ne me servent à rien, si ce n'est que pour dormir et manger un rapide petit-déjeuner. C'est en tout cas vrai pour ma vie actuelle. Travail et efficacité priment.

C'est dans cette optique que je descends rejoindre une Aurore sifflotante dans la cuisine. Son chignon haut lui fait retomber des dizaines de mèches noires sur les épaules. Son allure décontractée, avec chemisier épais et pantalon de yoga, met sa silhouette longiligne en valeur. Seul son petit ventre n'épouse pas les codes de la femme d'intérieur des magazines.

Je termine de descendre les marches de l'escalier moins délicatement, pour la prévenir de mon arrivée. Elle se retourne vers moi, un faible sourire sur le visage. Je vois dans son regard qu'elle sonde ma réaction pour savoir si je m'apprête à fondre en larmes ou m'énerver. Je ne fais ni l'un ni l'autre, préférant m'asseoir sur l'une des chaises de bar qui font face à son plan de travail. Elle termine de mettre les quartiers d'orange dans sa machine à presser et se lave les mains dans un silence pesant.

— Tu comptes aller voir tes parents, alors ? me demande-t-elle, désireuse de nouer un dialogue.

Je hoche la tête, mouvement qu'elle ne distingue pas, faisant toujours face à son robinet pourtant éteint.

— Je suis désolée, Tess… Je ne pensais pas qu'il oserait parler ou invit…

Je ne lui laisse pas le temps de finir, levant la main dans sa direction pour l'inviter à se taire. Un signe qu'elle ne voit qu'après s'être enfin retournée vers moi.

— Ce n'est rien. Je t'assure. J'avais besoin de dormir de toute manière. Mon patron me donne un mois pour me ressourcer. Je compte bien l'écouter.

Ma voix se veut joyeuse, même si je dois l'avouer, elle n'a rien de très convaincant.

— Tu manges avec moi ? m'interroge-t-elle, pour ne pas insister.

L'idée d'accepter me vient avant que l'un des nombreux souvenirs flottant dans mon esprit depuis mon arrivée ressurgisse.

— Non. C'est gentil. Je vais y aller.

Elle paraît peinée par ma réponse, mais ne rajoute rien.

Je me lève en direction du salon, pour récupérer ma valise, quand je me rends compte de l'absence de mon téléphone.

— J'ai oublié mon portable, déclaré-je en remontant quatre à quatre les marches de l'escalier.

Aurore, déjà dans le salon, me lance un sourire avant d'amener mes affaires devant la porte. Au moment d'entrer dans la chambre d'amis, un chuchotement attire mon attention.

— Tomás dégage, siffle la voix d'Aurore plus basse qu'à l'accoutumée.

— Elle veut bien me voir, Aurore. J'ai lu le mot, je te rappelle, répond une voix d'homme moins étouffée que celle de mon amie.

Même si je n'aimais pas me souvenir avec exactitude de cette voix, je ne peux pas me leurrer. Ma peau se tend et des frissons apparaissent à ce simple son. Je me maudis intérieurement de réagir de la sorte après ce que Tomás m'a fait.

— Elle a dit un café, dans un lieu qu'elle aura choisi. Le jour où elle l'aura décidé ! Pas un matin, au saut du lit !

Le ton d'Aurore est menaçant et je l'en remercie. Sachant pour elle ce que coûte cette situation. Je rentre dans la chambre pour arrêter de faire ma commère et récupère mon téléphone.

Quand mes pieds touchent la dernière marche de l'escalier, mon amie est seule, les joues rosies par l'énervement. Tremblante, je fais comme si je n'avais rien entendu, persuadée que Tomás est derrière l'une des portes du rez-de-chaussée.

— Je te remercie pour l'accueil. Nous aurons le temps de boire un verre dans les jours qui viennent, j'espère…

Je n'ai pas le courage de lui avouer que je suis revenue pour de bon ici. Pas avec Tomás dans le coin. Elle me prend dans ses bras en m'assurant avoir le temps à n'importe quelle heure pour un rendez-vous avec moi. Je lui souris, persuadée du contraire, et m'échappe à travers la porte d'entrée déjà ouverte. Le froid me saisit quand je me retourne vers le seuil pour un dernier regard vers mon amie.

Elle ne me regarde pas, fixant, les sourcils froncés, la pièce qui lui fait face. Je comprends qu'on doit être en train de lui parler. Je me contracte. Le revoir n'est pas encore dans mes plans. Lorsqu'elle se retourne vers moi, elle n'ose pas me regarder dans les yeux.

— À bientôt, ma chérie, dit-elle en commençant à fermer l'épaisse porte en bois.

Je commence à me détourner quand elle rajoute :

— Au fait, Tomás est partant pour un café quand tu veux, souffle-t-elle au moment où la porte de son entrée se referme sur mon visage tétanisé.

Chapitre 6
Nolan

Les rayons du soleil qui transpercent les carreaux supérieurs de la fenêtre de ma chambre me sortent d'un sommeil profond. Comme chaque nuit, une sensation de vide s'empare de moi. Je tourne la tête vers la droite pour fixer l'oreiller intact à mes côtés. Les draps ne sont pas froissés. J'ai une nouvelle fois dormi d'un seul côté de pan du lit, sans déborder.

Je ne m'attarde pas face à cette conclusion déprimante et soulève prestement la lourde couette blanche. Le frais s'immisce immédiatement. Avant d'attraper froid, je trottine sous la douche. Je traverse le palier en caleçon pour pousser la porte de la salle de bain.

Une fois nu, je m'introduis dans la cabine vitrée et active l'eau. Je recule d'un coup sec en tapant mon dos dans la vitre, quand une eau glacée s'abat sur ma peau. D'un mouvement sec, je place le curseur sur la partie rouge et attends. Mes doigts frôlent l'eau plusieurs fois pour en vérifier la température, qui ne semble pas changer. Au bout de quelques minutes, frigorifié, je me fais une raison.

La mort dans l'âme, je sors de cette sublime douche pour retrouver le froid de la maison. Je décide de remettre mes vêtements de la veille et de descendre au rez-de-chaussée. N'ayant plus les indications en tête pour trouver le compteur électrique de la maison, je décide d'appeler Gustave.

Mon téléphone en main, j'appuie sur son numéro. Activant le haut-parleur, je dépose le petit objet électronique sur le comptoir de la cuisine, tandis que je cherche un récipient quelconque pour me verser un jus de fruits.

— Assistante de Maître Van der Breggen à votre écoute.

La voix de son assistante Greta me fait sourire. J'ai l'impression d'avoir grandi avec elle.

— Greta, c'est Nolan Welt, m'exclamé-je.

— Oh, quel plaisir de vous entendre !

J'abandonne ma recherche de verre pour me pencher au-dessus du téléphone.

— Gustave est là ? m'enquiers-je.

Elle soupire légèrement avant qu'un bruit de feuilles sorte de l'appareil. L'assistante marmonne dans sa barbe avant de répondre :

— Il est au domaine *Kerstboom*[1].

Ma peau frissonne par manque de chauffage. Je fixe la cheminée éteinte, un instant avant de répondre :

— Il en a pour longtemps d'après toi ?

Sans attendre, elle répond d'un air plus que convaincu :

— Toute la journée. C'est une tradition d'aller chez eux la première semaine de Noël. Et apparemment, ils pensent à vendre. Un adorable couple, ces gens-là.

Je réfléchis à ce qui me reste à faire quand elle enchaîne :

— Tu veux l'adresse ? Ils seraient ravis de te voir ! Et une personne de plus pour Kirstin n'est pas dérangeante, au contraire.

Je me gratte la tête, mal à l'aise de m'inviter chez des inconnus. Néanmoins, je dois de toute manière sortir pour acheter de quoi faire à manger et prendre le nécessaire.

---

1. *Kerstboom* : sapin de Noël en néerlandais.

J'accepte sa proposition et elle raccroche en me promettant de m'envoyer directement l'adresse par mail. Je laisse le téléphone en bas lorsque je vais changer de pull pour mettre une tenue plus de saison, bien que je ne sois pas propre.

Mes cheveux, humides à cause de la salve d'eau froide de toute à l'heure, me glacent le sommet du crâne. Je tente de dompter ma chevelure brune, négligée depuis un moment, sans y parvenir. Deux boucles se forment avec l'humidité, me donnant l'air d'avoir vingt ans.

Je grimace face à mon reflet. Le col beige que je porte met en valeur mon teint.

— Un vrai brun ténébreux, me taquinait Martha, chaque matin, en arrivant à la confiserie. Elles tomberaient toutes sous ton charme si tu apprenais à sourire.

Mes dents apparaissent brièvement dans une tentative de sourire forcé. Mon masque d'homme heureux ne me trompe pas. Je secoue la tête avant de descendre au rez-de-chaussée.

En prenant mon téléphone, je constate que Greta m'a envoyé l'adresse et commandé une voiture. Je la remercie avant de prendre de l'argent et mon blouson.

La lourde parka sur mes épaules me réchauffe et je sors de mon nouveau chez-moi. L'air extérieur ne paraît pas si glacé comparé à l'intérieur.

Je presse le pas pour ne pas faire attendre mon chauffeur, qui doit sans doute être à l'autre bout de la rue, comme celui d'hier soir. Pour la première fois, je jette un coup d'œil à la montre sur mon poignet. 8h52. Une belle heure pour se réveiller dans sa nouvelle vie. Je m'efforce de sourire pour faire comprendre à mon cerveau que j'en ai fini de broyer du noir. L'opération n'est pas une totale réussite, mais elle a le mérite de renvoyer une bonne image de moi aux passants qui me croisent.

À la vue d'une voiture noire garée sur le côté, j'accélère le pas. Arrivé à son niveau, je tapote la fenêtre passager pour attirer son attention.

— Monsieur Welt ? m'interroge le chauffeur en baissant sa vitre.

— Nolan Welt, effectivement, lui réponds-je.

Il m'invite à monter ce que je me presse de faire. L'habitacle chauffé de la voiture me coupe le souffle. Ma maison manque effectivement d'une touche de chaleur.

Soucieux de faire la conversation et d'être agréable, il m'interroge sur ma vie. Je lui offre une version édulcorée de cette dernière et me surprends à mentir plutôt bien. Ensuite, il me parle de ses enfants et de sa femme. Une Russe, nommée Olga, au regard et tempérament de feu, qui semble ne faire de lui qu'une bouchée. Sa manière de parler de sa famille d'un air béat me fascine et me peine.

Son discours me tient en haleine tout le long du trajet, que je ne vois pas passer. Ce n'est que lorsqu'il se tourne vers moi en m'indiquant le bâtiment à la hauteur duquel il vient de s'arrêter, que je prends conscience que nous y sommes.

Je le paie en le remerciant de sa convivialité. Il paraît touché par mes mots et me souhaite bonne chance pour mes prochains projets. Sa sincérité est flagrante.

Je sors, heureux de voir que le nouveau Nolan plaît, et ce, dès la première personne rencontrée.

Il s'éloigne déjà, quand je lève les yeux vers la magnifique bâtisse en brique rouge. La façade est décorée à chaque ouverture. L'esprit de Noël jaillit au premier coup d'œil.

Si je n'avais pas déjà acheté une maison, j'aurais sans aucun doute porté mon choix dessus. Les yeux écarquillés et émerveillés, j'ouvre la porte d'entrée où un panneau « WELCOME TO KERSTBOOM » brille de petits néons colorés.

Au lieu d'un bruit d'oiseau pour prévenir de mon arrivée, un chant de Noël traditionnel se répand dans le vestibule. Je reste immobile sur le seuil, quand une femme au visage rayonnant arrive vers moi. Son sourire agrémente son expression enjouée.

— Nolan, je suppose ? Entrez, Gustave est à côté. Nous vous attendions pour le petit-déjeuner, m'explique-t-elle.

Elle me désigne un salon ouvert sur ma droite. Je m'y engouffre juste après lui avoir donné ma parka qu'elle réclamait.

— Je suis Kirstin, la propriétaire des lieux. Avec mon mari, rajoute-t-elle en me suivant.

La pièce qui me fait face me laisse une nouvelle fois subjugué. Les décorations de Noël sont omniprésentes et semblent être profondément ancrées dans la décoration des lieux.

Un immense sapin trône sur un côté. Ses épines sont légèrement calcinées. Je fronce les sourcils face à ce détail incongru.

— Nous achetons un sapin chaque année, c'est encore celui de l'année dernière, dit un homme aux cheveux grisonnants.

À son expression bienveillante, j'en déduis qu'il est le mari de Kirstin, ce qu'il s'empresse de m'assurer :

— Thijs, le mari de cette merveille, dit-il.

Elle glousse avant de sortir de la pièce. Leur complicité, malgré les années, m'épate et me met mal à l'aise à la fois.

La silhouette de Gustave se détache dans l'un des fauteuils en cuir rouge du salon.

— Mon garçon, comment vas-tu ? s'enquiert-il, en tentant de se redresser comme il peut.

Thijs lui tend sa main pour l'aider, ce que son ami accepte bien volontiers.

— Mangeons et parlons ensuite, déclare le propriétaire des lieux.

Le notaire hoche la tête et je suis les mouvements sans trop savoir ce que je fais ici. Le couple a vu les choses en grand pour ce petit-déjeuner.

— Je déplore de vous servir ça, s'inquiète Kirstin en montrant du doigt un panier de confiseries industrielles. J'aime offrir à mes clients de l'Amstellodamois... Mais ici, personne ne fait de bonnes confiseries. À part vous, si j'en crois Gustave !

Elle envoie un clin d'œil à son ami qui acquiesce en s'essuyant la bouche.

— L'un des meilleurs confiseurs est assis à cette table, je peux vous l'assurer, décrète-t-il.

Son compliment, peu objectif, me fait monter le rouge aux joues. Il s'en amuse avant de s'enquérir du sujet de ma venue, que Greta ne connaissait pas.

— J'ai un problème de chauffage et d'eau chaude, expliqué-je, mal à l'aise d'aborder ce sujet en plein repas.

Je plonge mes lèvres dans le chocolat chaud maison de Kristin, quand Gustave s'esclaffe :

— Voilà la raison de ma venue. Je l'avais presque oublié ! Mes chers amis, je vous avais parlé d'un de mes clients, ayant besoin de plusieurs nuitées, n'est-ce pas ? Le voici.

Je l'observe sans comprendre, les clefs de ma maison toujours dans la poche de mon pantalon.

— Je n'ai pas pu te prévenir, mais il y a un léger souci avec ton chauffage. Rien de bien méchant, mais je devais m'en occuper avant ton retour et puis tu connais les imprévus. Néanmoins, Kirstin et Thijs s'arrangeront avec moi pour les frais de ton séjour. N'est-ce pas ?

Le notaire n'attend pas la réponse de ses amis, pour croquer goulûment dans un pain de sucre.

— Tu rigoles ? Avec ce que tu fais pour nous, Nolan est notre invité ! Tu peux rester le temps que tu souhaites, déclare Kirstin avec l'approbation de son mari.

Mal à l'aise, je termine mon chocolat sans un mot.

— Maman ? Papa ?

La voix d'une femme résonne dans le vestibule, amenant une brise fraîche avec elle, prouvant que l'intérieur chauffé est bien plus agréable que l'extérieur.

— Voici notre fille aînée, décrète Kirstin en levant les yeux au ciel.

Sa manière de la présenter m'amuse et je le comprends, en voyant une femme d'une trentaine d'années, un pull-over marqué d'un sapin de Noël, s'avancer vers leur table. Son air jovial, qu'elle tient de ses parents, lui procure un côté enfantin. Elle m'observe de ses yeux ronds, avant de me faire un signe de la main, visiblement mal à l'aise.

— Pardon. Je ne savais pas que vous aviez du monde, murmure-t-elle, penaude. Zoé, se présente-t-elle en me tendant une main, timidement.

Je pousse ma chaise, pour me lever et lui serrer la main.

— Nolan.

Mon faux sourire d'entraînement, qui collera à la peau du nouveau Nolan, semble la conquérir. Je ne force pas ma gentillesse et me rassieds silencieusement. Thijs se lève pour embrasser sa fille, tandis que sa femme lui installe un couvert et une chaise.

— Tu n'as pas mangé ce matin, je suppose ?

Son ton est quasiment un reproche, mais sa fille ne relève pas. Elle s'installe en me fixant de ses yeux ronds et sympathiques.

— Vous parliez de quoi avant mon arrivée ? s'enquiert-elle.

Kirstin pose un regard consterné sur sa fille, dont la curiosité paraît déplaire à ses deux parents. Cette dernière fait comme si de rien n'était et m'observe attentivement à la recherche d'une réponse. Utilisant la même technique qu'un chien quémandant un os à l'invité du jour, elle me fixe jusqu'à ce que je craque.

— Nous étions simplement en train de dire que je vais devoir passer quelques jours ici a priori, n'est-ce pas ?

Ma réponse semble convenir à la nouvelle venue, tandis que Gustave termine son pain de sucre à l'aspect plutôt durci. N'ayant pas très faim, je picore légèrement sans déguster ni apprécier véritablement les talents de mon hôte pour la confiture.

Au moment de débarrasser, je me sens obligé de l'aider, ce qui me vaut un haussement de sourcils réprobateur de Thijs avant que Kirstin ne s'exclame :

— Mais non, fiston. Personne ne débarrasse ici, sauf un ou une Abspoel, n'est-ce pas, Zoé ?

Cette dernière lève les yeux au ciel avant d'obtempérer, en emportant les bols vides devant elle. Gustave relève la tête vers son ami, l'air repu.

— C'était un excellent petit-déjeuner, mon ami. Veux-tu qu'on parle affaires, maintenant ?

Thijs acquiesce en débarrassant une partie des plats. Quand il revient, sa femme le suit de près. Gustave sort de table pour se diriger avec eux dans un petit bureau, collé au salon.

Gêné par la solitude, je rejoins Zoé dans la cuisine.

— Je vais aller chercher quelques affaires pour… enfin.

L'impression de m'inviter chez des inconnus m'empêche de m'exprimer clairement sur le fait que je dois m'organiser pour m'installer ici. La trentenaire semble le comprendre et me lance un sourire encourageant.

— Aucun problème, je serai encore ici à ton retour, dit-elle en rangeant les assiettes dans le lave-vaisselle.

Cette précision, dont je n'avais pas besoin, m'amuse. Je retourne dans le vestibule pour récupérer ma parka et ressors dans le froid hivernal. Au moment où je quitte la maison, un taxi vide s'éloigne. Je lui cours après et, par chance, il s'arrête en abaissant sa vitre.

— Vous n'avez pas de course ? J'ai besoin d'un aller-retour.

Le chauffeur secoue négativement la tête et je m'engouffre dans sa voiture, satisfait d'avoir eu une telle chance.

Chapitre 7
Tess

La lueur orangée qui se dégage des fenêtres du rez-de-chaussée me rappelle la dernière fois que je me suis retrouvée sur ce perron. Un autre jour d'hiver, froid et sec. Il n'y avait aucun flocon de neige. Aucun bruit extérieur. Seul le vide remplissait ma poitrine. Mes doigts avaient appuyé sur la sonnette, telle une inconnue sur le point d'arriver.

Ma mère, étonnée, m'avait ouvert. Son visage s'était décomposé à la seconde où elle m'avait vue. J'avais disparu pendant plusieurs jours, sans donner de nouvelles, après l'esclandre que j'avais fait à la répétition de mon mariage. Mais après tout, j'en avais le droit. J'avais le cœur brisé.

Elle n'avait rien dit. C'était peut-être ça, son erreur. On m'avait apporté du bouillon, chaque jour, sans poser de questions, jusqu'à ce que je décide d'aller à Rotterdam, affronter la réalité de mon échec, aussi total soit-il.

Après cette période, je n'étais revenue qu'une fois par an. Pas assez, selon ma mère. Elle avait raison. Ils avaient tous raison. Mais je ne m'en sentais plus capable. Trop de souvenirs tachaient cet endroit dans mon esprit.

Mes doigts glissent sur la sonnette avant de s'arrêter en l'air. L'idée de ne pas frapper cette fois-ci me paraît plus judicieuse. Ma main touche la poignée en bois familière et l'actionne. Sans bruit, la porte s'ouvre pour me happer dans la chaleur d'une maison pleine de vie. Je referme silencieusement la porte derrière moi.

Un bruit dans la cuisine m'invite à avancer. J'ôte mes chaussures à talons, avant de traverser le salon au plancher de bois, pour éviter d'imposer un claquement régulier aux personnes présentes dans cette maison.

L'odeur d'un bon petit-déjeuner m'ouvre l'appétit et je glisse ma tête dans l'encadrement de la porte de la cuisine, persuadée d'y découvrir ma mère. Contre toute attente, la silhouette de ma sœur se dessine dans la vapeur d'eau chaude qui se dégage de deux casseroles.

— Tess, s'exclame-t-elle, aussi surprise par ma présence que moi par la sienne.

— Zoé, que fais-tu là ?

Ma question est un peu abrupte et ma sœur aînée fronce les sourcils. Je regrette immédiatement mon ton et tente de me rattraper :

— Quel bonheur de te voir ! Ça fait au moins un an.

— Deux, me reprend-elle. Mais qui compte ?

Je grimace face à sa réplique acerbe. Ma sœur n'a jamais été la personne avec qui j'ai eu le plus d'atomes crochus dans la famille. Encore moins depuis mon choix de carrière dans la finance et le rachat d'entreprises. La fille à l'esprit créatif, c'est elle. Et de son point de vue, je suis la charognarde qui arnaque les valeureux entrepreneurs. Une façon bien simpliste de résumer mon métier.

Je lui souris, à la recherche d'un sujet de conversation non épineux. Aux dernières nouvelles données par ma mère, Zoé était sur le point d'épouser un riche danois. Un peu excentrique, mais un bon parti pouvant mettre à l'abri, l'élément idéaliste de la famille.

Ma sœur, bien qu'aînée, n'a pas réellement grandi depuis sa sortie du lycée. Une rêveuse accomplie, voilà comment elle se décrit lorsqu'on lui demande ce qu'elle fait de sa vie. Parfois artiste, parfois philosophe, elle ne vogue qu'après des courants d'inspiration. Autant dire qu'elle ne souhaite pas travailler un jour.

— Tout va bien dans ta vie ?

Ma question anodine lui illumine le teint. Faire plaisir à ma sœur est plutôt simple. L'interroger sur sa vie, l'écouter attentivement, ne pas l'interrompre et ne pas la contredire. Un art que ma mère maîtrise bien mieux que moi. Je me mords la lèvre pour ne pas l'inviter à changer de pièce pour m'installer correctement. Elle pourrait y voir là une manière de raccourcir sa réponse.

— Moi ? Je vais plutôt bien. Orion se ressource actuellement. Je me suis dit que venir ici, être au sein d'une famille épanouie, dans un lit charmant et accueillant, aiderait mon esprit à faire le vide.

Sa manière de parler ne m'étonne pas. En ma présence, elle emploie toujours ce genre de mots. Mélangeant spiritualité et philosophie sans aller à l'essentiel. Comme si elle tentait, à chaque fois, de faire ressortir mon côté cartésien, face à son ouverture d'esprit hors norme. Certains clients m'ont déjà dit qu'il n'y avait pas que les chiffres dans la vie. J'en ai conscience. Mais les chiffres sont stables, exploitables et utilisables sans peur. Le reste n'est pas palpable. L'abstrait est effrayant.

— Où sont papa et maman ?

Je pose ma question avant qu'elle ne recommence à me lancer sur l'une des leçons premières de la vie. Elle me regarde avant de désigner le salon du menton.

— Avec Gustave Van Der Breggen. Ils parlent affaires, déclare-t-elle de manière très détachée.

— Affaires ?

Elle ne réagit pas à ma façon, perplexe, de répéter.

— Je dois préparer une chambre pour un nouvel arrivant, rajoute-t-elle en s'éclipsant.

Étonnée de la voir partir si rapidement, je la suis du regard, tandis qu'elle disparaît dans la lingerie où sont stockés les différents linges des chambres de la maison d'hôtes.

Piquée par la curiosité, je décide de rejoindre le salon, pour voir si je peux entendre la discussion de mes parents avec le notaire de famille.

Veulent-ils vendre la maison d'hôtes ou acheter un nouveau bâtiment ? C'est cette question que je me pose, l'oreille collée à la porte du bureau quand la porte d'entrée claque pour laisser rentrer un homme inconnu. Surprise en train d'espionner, je me recule prestement, manquant de peu de m'écrouler par terre.

Appliquant l'adage « la meilleure défense c'est l'attaque », j'ouvre les hostilités :

— Qui êtes-vous ? On ne vous a pas appris à sonner ?

Ma voix sèche paraît l'étonner. Il m'observe de la tête au pied avant de se détourner de moi. Le visage rayonnant de Zoé arrive. Soulagée de la voir s'occuper de cet intrus, je me glisse dans l'un des fauteuils rouges. Bien décidée à demander des explications à mes parents, sur ce rendez-vous, j'attrape le journal pour m'occuper.

Plusieurs petites annonces m'interpellent et je me retrouve à lire les nouveautés d'Amsterdam sans m'en rendre compte.

Ce n'est que lorsque la porte du bureau s'ouvre sur Gustave, que je me détache des articles à scandales pour revenir à la réalité. La silhouette du vieil ami de la famille se dégage des boiseries avec élégance. Sa manière de marcher n'a pas changé depuis notre dernière rencontre qui remonte déjà à vingt-quatre mois. Que le temps passe vite !

— Tess !

Sa voix grave est chaleureuse en prononçant mon prénom. Je m'avance vers lui pour accepter ses embrassades.

— Tessie, s'exclame ma mère d'une voix étranglée et surprise.

Je me retourne vers la fine silhouette blonde, qui sort prestement du bureau pour m'étreindre. L'effluve fruité que dégagent ses cheveux m'entoure tandis que le visage tiré de mon père apparaît. Il m'adresse un timide sourire avant de raccompagner son ami à la porte.

— Ma visite aura été plus courte qu'à l'accoutumée, déclare Gustave en saluant son ami. Prenez soin de vous.

La porte d'entrée fermée sur cette petite réunion de famille, je m'écarte de ma mère pour la fixer dans les yeux.

— Que faisait le notaire chez nous ?

Ma question semble les surprendre.

— Chez nous, répète mon père. Depuis quand considères-tu à nouveau cette maison comme ton chez-toi ? Tu n'y mets jamais les pieds, ajoute-t-il en prenant ma mère par l'épaule.

Elle se laisse entraîner avec lui dans la cuisine. La vapeur provoquée par les deux casseroles laissées sur le feu par Zoé a envahi complètement la pièce quand je les rejoins.

— Tu vas réfléchir à sa proposition, souffle mon père à l'oreille de ma très chère mère au moment où j'apparais dans l'encadrement.

Il se tait et s'éloigne d'elle comme si de rien était. J'observe ma mère, à la recherche d'une réponse quelconque, quand elle plante son regard sur moi.

— Écoute, ma chérie. Nous savons tous que tu es fragile. Que les derniers mois n'ont pas été simples. Nous t'avons offert l'espace dont tu avais besoin pour te reconstruire. Mais pendant ce temps, notre vie ne s'est pas arrêtée. Loin de là.

J'ouvre la bouche pour lui assurer que je comprends, quand Zoé interrompt notre moment mère-fille.

— Maman, j'ai terminé de ranger tes affaires qui étaient dans le sèche-linge. J'ai supposé que c'était pour les bagages, n'est-ce pas ? déclare-t-elle en prenant une bouteille de jus de fruits dans le réfrigérateur.

La bouteille en verre, contenant le liquide fait maison, s'agite sous la main de ma sœur avant que le jus ne soit versé dans un verre qu'elle a sorti du placard au-dessus d'elle. Je ne prête pas attention à son manège, cherchant à comprendre de quoi elle parle. Le visage de ma mère a pris quelques teintes, visiblement mal à l'aise.

— Oui, ton père a déjà dû finir la sienne, marmonne cette dernière en souriant à ma sœur.

— Vous partez quelques jours ?

Ma question fait hausser les sourcils de Zoé, qui comprend enfin que je ne suis pas au courant.

Ma mère se gratte le menton avant de me répondre :

— Ton père et moi, nous faisons notre première croisière. Le départ est prévu pour ce soir.

J'écarquille les yeux. Froissée de n'en avoir jamais entendu parler, même lors de mes appels téléphoniques mensuels. Une réplique acerbe concernant ma venue et le fait qu'ils partent déjà me traverse l'esprit, mais je me retiens. Après tout, quelques jours de vacances ne pourront pas leur faire de mal. Je vais rester un peu plus pour avoir le temps de la voir à son retour.

— Quand revenez-vous ? m'intéressé-je.

— Le 2, dit-elle rapidement. Janvier, précise-t-elle en s'activant à ranger la cuisine.

Le regard de ma sœur est éloquent. Ce voyage semble être prévu depuis un bon moment.

— Vous… Un mois, ce n'est pas un peu excessif ? Surtout pour la période des fêtes ? La maison fermée durant autant de temps, cela va forcément nuire aux chiffres d'affaires et…

— Le chiffre d'affaires ! Je me disais bien que ton intérêt n'était qu'une question pécuniaire, s'exclame la voix de mon père derrière moi, me coupant dans ma tirade ayant pour but de les raisonner.

Je sursaute. Ses yeux me lancent un regard noir. Je bégaye une réponse qui meurt avant même de sortir de ma bouche. Zoé lève les yeux au ciel en se servant un nouveau verre de jus de fruits.

— Ce n'est pas ça… commencé-je maladroitement.

— Si. Tu veux simplement que cet endroit soit rentable sans te soucier de ce que souhaite ta mère. Ou moi. Mais ne t'inquiète pas. Zoé va tenir la maison lors de notre absence. Nous n'avons pas besoin de toi.

Sa réflexion me vexe. Certes, les deux dernières années, je n'ai pas été là pour la famille et mon oreille n'était peut-être pas si attentive que j'aurais dû. Mais la manière dont il me parle me blesse réellement.

— Thijs, le reprend ma mère. Ne commence pas. De toute manière, elle ne comptait rester que quelques jours, non ?

Le fait que ma mère vise juste n'aide pas. Elle expose sa vision de mon séjour avec un petit air suffisant et satisfait. Sachant pertinemment que je ne suis pas le genre à rester plus de trois jours.

J'avais effectivement l'intention de ne rester qu'une paire de jours, avant de trouver une excuse professionnelle pour profiter en paix de mes jours de congés. Est-ce vraiment la femme que je suis devenue ? Celle ignorant les projets de sa famille, préférant sa solitude à la chaleur d'un foyer…

Le constat évident face à cette question me pousse à lui répondre :

— Non. Je comptais rester ici jusqu'au 1 janvier, déclaré-je.

Heureuse de savoir mentir droit dans les yeux, je ne les détache pas des prunelles bleutées de ma mère, interloquée.

— Vraiment ? Tu comptes rester un mois ici… Tu ne dois pas travailler ?

Je me mords la lèvre honteuse du mensonge qui s'échappe de ma bouche :

— Parfois, il faut penser à la famille avant le travail.

Je n'y crois pas. Plus depuis des mois. Le travail m'a sauvé la vie, je ne peux pas le nier. Je suis heureuse lorsque je travaille, ce qui n'est pas le cas entre ces quatre murs familiaux. Cependant, je sais ce que ma mère a besoin d'entendre.

— Parfait alors. Tu pourras aider ta sœur à tenir la maison, conclut mon père en me prenant de cours.

Je le regarde, hébétée. L'idée était de disparaître à l'heure de leur départ, pas de m'engager dans la garde de la maison en leur absence. Au vu du sourire satisfait de mon père, je vois que sa manière de me piéger, ici, est volontaire. Comment refuser ça, après un discours sur l'importance de la famille face au travail ?

Je m'éclipse en prétextant vouloir me changer avant leur départ. Zoé s'exclame qu'elle doit également se faire belle pour partager un bon repas en famille et célébrer leurs vacances méritées.

Lorsque je rentre dans le petit salon, laissant mes parents dans la cuisine, je ne prête pas attention à la manière exubérante de marcher de ma sœur. Les yeux rivés sur mes pieds, honteuse d'avoir menti et dépitée de gâcher mes précieuses vacances ici, je monte telle une automate les marches qui mènent aux chambres.

— Attends, Tessie, cette chambre sera prise par un couple dans deux jours. Celle avec le houx vert est libre pour toi, déclare-t-elle en passant sa tête à travers la porte de sa chambre.

Je tourne la tête vers la porte en chêne blanc qu'elle me désigne. Exposée sur l'escalier et le palier de l'étage, je me retrouve avec l'une des plus bruyantes de la maison. Trop épuisée pour me plaindre, je pousse la porte pour y découvrir une magnifique chambre au ton clair dont je découvre la décoration. Étonnée, j'observe cette pièce sans comprendre. J'avance de quelques pas, surprise. La présence, sur le seuil, de mon aînée me retire le sourire ébahi qui agrémentait mon visage.

— Ils ont fait appel à un décorateur ?

Mon ton perplexe et à la fois étonné semble amuser ma sœur.

— J'ai simplement voulu leur donner un coup de main et alléger la décoration des chambres, déclare-t-elle en désignant les murs sans les dizaines de cadres de maman.

Je reste bluffée par son travail, mais elle ne me laisse pas l'occasion de le lui dire, disparaissant dans son antre pour se pomponner.

Chapitre 8
Nolan

L'eau coule sur ma peau mate. J'inspire la vapeur chaude, en me délectant de ce moment de détente. Un rire cristallin vient à mes oreilles. Je me détourne, un sourire plaqué sur le visage. Le corps nu d'Ellie me fait face. Ses joues rondes et ses longs cheveux blonds tombent en cascade dans son dos. L'eau les rend plus foncés, mais elle s'en fiche. Ses yeux me dévorent avidement. Je l'accueille au creux de mes bras. Elle soupire sous la pression de mes doigts sur ses épaules. Sa journée de travail a été une nouvelle fois compliquée. Son patron lui ordonne de faire des chiffres impensables. D'abattre le boulot de plusieurs employés à la place.

— Démissionne, lui susurré-je.

Elle rit, comme à chaque fois que nous abordons ce sujet.

— Je ne peux pas, Nolan. Tu le sais très bien. Tu n'as pas encore de revenus fixes… Et ta mère n'est pas prête à te laisser reprendre le boulot de ton père. Laisse-lui du temps.

Je sais qu'elle a raison, mais je n'en peux plus de la voir revenir chez nous exténuée. Je continue mon massage, un moment, avant qu'elle ne fasse volte-face pour m'embrasser. Je me laisse faire, la voyant se mettre sur la pointe des pieds pour toucher mes lèvres. Ce manège m'amuse plus qu'elle et je reçois une salve d'eau froide en guise de représailles.

— Au coin, ordonne-t-elle, une mine qui se veut sévère sur le visage.

Obéissant, je pose mon visage sur le carrelage de la douche. Mon front rebondit dessus. Je tends l'oreille, mais il n'y a plus un bruit. Trempé, j'observe la douche. Ce n'est pas celle de mon souvenir. Je reste un instant perplexe, perdu. J'arrête l'eau pour réussir à me concentrer sur le présent. Mon corps tremble, mais je n'ai pas froid. Puis la douleur revient aussi vite que les autres souvenirs. Elle m'éjecte en dehors de la douche, des larmes coulant sur mes joues. Ellie n'est plus là. Ma mère non plus. Je dois me répéter plusieurs fois cette réalité, avant que mon corps ne revienne à lui. Les tremblements cessent. Seules mes larmes perdurent. Actant un passé révolu.

Plus lucide, je prends conscience que j'ai dû glisser et me rattraper au mur. Je suis à genoux, par terre, humide. De l'eau ruisselle de mes cheveux au sol. Gêné d'une telle faiblesse dans un lieu inconnu, je me redresse prestement à la recherche d'une serviette. Deux grandes m'attendent, pliées sur l'une des chaises de la chambre. Je manque plusieurs fois de glisser sur le parquet ciré avant de les atteindre.

Une fois sec, je ne perds pas de temps à me regarder. Je connais l'expression qui m'anime actuellement. Comme à chaque fois que je me souviens d'elle.

Je redresse la tête et décide d'aller faire un tour dans les rues froides et vivantes d'Amsterdam. Peut-être manger à la sauvette des frites, comme avant. Il me faut surtout prendre l'air. M'aérer reste encore le meilleur moyen d'alléger ce poids dans ma poitrine.

Une écharpe autour du cou, je sors de ma chambre. Pensif, je percute un objet mou. Je suis trop lent pour me rendre compte que je viens de déséquilibrer quelqu'un portant à l'aveuglette une pile de linge. Sous la chute des draps et serviettes, je vois le visage décontenancé de Zoé, la fille aînée que j'ai rencontrée plus tôt.

— Excusez-moi, dis-je en me baissant pour commencer à ramasser.

Elle me lance un sourire désolé, en s'excusant à son tour :

— C'est moi. Je devrais arrêter de me déplacer sans rien voir avec une tonne de linges. J'aime bien être efficace, mais je crois que je perds du temps avec cette technique, se désole-t-elle en repliant deux serviettes sur son bras.

Je lui tends une pile de taies d'oreiller intacte.

— Je ne suis donc pas le seul à vous rentrer dedans… en tout bien tout honneur, rajouté-je maladroitement.

Sentant le rouge me monter aux joues, je m'empresse de l'aider à ramasser avant de me relever et de reculer de deux pas.

— Cela m'arrive. Mais rarement des obstacles aussi charmants, me répond-elle en riant. La plupart du temps, ils sont en bois et datent de plusieurs dizaines d'années… si ce n'est pas siècle.

Elle finit sur cette précision quand une voix l'appelle en bas.

— Merci de m'avoir aidée à ramasser, les bois sont moins gentleman, après toutes ces années.

Zoé m'offre un clin d'œil avant de descendre rapidement les escaliers, ne voyant toujours pas à un mètre devant elle. J'observe sa dextérité à ne pas tomber quand une autre présence sur le palier attire mon attention. La porte en face de ma chambre est entrouverte. J'aperçois une fraction de seconde un visage qui disparaît à l'intérieur, refermant prestement la porte. Sans faire plus état de cette action, je descends à mon tour l'escalier pour sortir.

Kirstin me voit passer devant elle et me hèle :

— Nolan ! Venez cinq minutes. Vous pourriez nous prendre en photo ensemble ? Nous partons en vacances, s'exclame-t-elle joyeusement.

J'acquiesce en prenant le téléphone qu'elle me tend. Cherchant la meilleure luminosité pour leur portrait de famille, je me décale sur le côté.

— Vous êtes prêts ? annoncé-je.

— Nous le sommes depuis longtemps, s'exclame Thijs, en serrant d'un bras sa fille aînée et de l'autre sa femme.

Le clic de l'appareil retentit un instant avant de graver ce souvenir dans l'appareil électronique. Heureuse, Kirstin me reprend le téléphone pour regarder avec sa fille et son époux le résultat. Les mannequins d'une soirée s'extasient sur leurs visages rayonnants, quand un mouvement dans l'escalier attire mon attention. Une femme, celle que j'ai très rapidement croisée à mon retour ici, est immobile dans l'escalier. De loin, je ne suis pas sûr, mais il me semble que ses yeux sont noyés de larmes. Elle fixe le trio avant de revenir vers moi. Son regard noir ne m'atteint pas. Je vois bien dans son visage une profonde tristesse que je ne connais que trop bien. Avant de replonger moi-même dans cet état, je sors de la maison d'hôtes, laissant derrière moi, cette inconnue au visage meurtri.

Je relève la tête sous la brume fraîche du soir. J'ai dû rester plus longtemps que prévu dans ma chambre et mon estomac me creuse. Un taxi ralentit près de moi, mais je lui fais signe que ce n'est pas la peine. Il hoche la tête, compréhensif, et s'éloigne.

Les lampadaires allumés se battent avec les quelques rayons lumineux naturels qui s'échappent du coucher de soleil.

Soulagé de voir que je ne suis pas le seul à aimer les balades tardives, je rejoins une foule amassée près d'une joueuse de flûte. Son air entraînant se rapproche d'une comptine que ma mère me chantait le soir à l'approche des fêtes de fin d'année.

— Tu sais pourquoi j'aime autant cette période, maman ? Parce que vous m'avez programmé pour, lui disais-je pour rigoler, lors de notre traditionnel habillage de sapin en compagnie de toute la famille réunie.

Encore aujourd'hui, cette période résonne différemment pour moi. Malgré que j'apprécie le soleil sur ma peau en été, l'éclosion de la nature au printemps ou les myriades de couleurs de l'automne… Il n'y a qu'en décembre où je me sens moi-même. Un amour de la magie qui s'en dégage sûrement. Plongé dans mes souvenirs pour la soirée, je retrace les rues tel un pèlerinage. Chaque boutique et devanture devant lesquelles je m'arrête me font repenser à un souvenir précis. Un moment de vie partagé avec un être aimé. Ma nostalgie se transforme en parcours de l'oubli. À chaque fois que je m'autorise à les revoir dans mon esprit, mon cœur se sent plus léger.

En voyant les néons d'une boutique en face du bord de l'eau, je presse le pas. Un jeune écoute studieusement ma commande de frites. Je prends le supplément lardon et fromage, pour déguster comme il se doit mes frites. Le papier journal, les entourant, dans les mains, je m'installe les pieds dans le vide, au bord de l'eau. Le pavé froid et l'humidité qui s'en dégage traversent mon jean. Peu m'importe, j'engloutis mon repas sans une once de regrets.

Marcher ici et me souvenir de ce qui m'a fait aimer cette ville me convainc d'une chose : j'ai bien fait de revenir ici.

Une fois mon menu diététique terminé, je repars en direction de *Kerstboom*.

Quand je pousse la porte d'entrée de la maison d'hôtes, un bruit fort de conversation me revient aux oreilles. Je grimace en comprenant que deux femmes sont en train de vivre un désaccord.

Souhaitant ne pas m'immiscer dans ce moment qui paraît intime, je me faufile aussi discrètement que possible du vestibule jusqu'à l'escalier.

Malheureusement pour ma veine tentative, une des deux belliqueuses se rue vers l'escalier en me poussant sans gêne dans sa fuite. Mon épaule lui résiste, avant que je ne la laisse passer pour ne pas envenimer la situation. Les cheveux longs de la fuyarde s'attardent un instant sur mon visage. Ils m'apprennent que cette personne est celle que j'ai vue en larmes dans l'escalier en partant.

Je me retourne vers Zoé, les sourcils froncés et une moue contrariée sur le visage. D'un coup de tête vers la droite, elle m'invite à la suivre au salon. Ne sachant pas comment refuser cette invitation, j'inspire discrètement et descends les quelques marches montées, avant de la rejoindre. Elle est assise près d'une table basse en porcelaine. Je reconnais rapidement la qualité du meuble, datant sûrement de plusieurs décennies. Dessus est déposé un service à thé, dont les tasses ne semblent pas avoir été utilisées.

— Asseyez-vous. Un thé à la menthe ? Une tisane ? Ma sœur n'a pas eu... le temps de le boire en ma compagnie.

Sa manière de minimiser la situation me touche. Je m'assieds en face d'elle, en acceptant la tasse qu'elle me tend.

— Un thé vert, c'est parfait, accepté-je en la voyant prendre l'une des deux théières devant nous.

Elle me sert du liquide bouillant dans la tasse, se versant pour sa part une infusion.

— J'ai dû mal à dormir sans, m'explique-t-elle.

Je ne dis rien, ne sachant pas vraiment ce que je fais ici. Cette femme est une complète inconnue pour moi.

— Ne jugez pas ma sœur pour... ça, dit-elle en englobant la pièce, faisant référence à leur brève altercation. Elle vient à peine de revenir et Amsterdam est un peu son chat noir.

Je suis obligé de penser que j'ai deux points en commun avec elle. J'ai beau terriblement aimer cette ville, elle me fait remonter beaucoup de souffrances enfouies.

— Elle n'est pas méchante. Il faut juste lui rappeler, hum, certaines choses.

Zoé est hésitante sur ce qu'elle a le droit de me révéler sur sa sœur. Une discrétion délicate de sa part, que j'apprécie. C'est d'ailleurs pour le lui faire comprendre que je change de sujet rapidement.

— Je viens à peine de revenir au pays. Et surtout ici, déclaré-je. En faisant le tour des rues, je vois que peu de choses ont changé. La magie opère toujours ici.

La trentenaire sourit en m'interrogeant sur mes activités. Je suis persuadée que ses parents lui ont déjà fait un rapide résumé, mais je me prête au jeu.

— Je suis confiseur. Un métier exercé avec passion de père en fils dans ma famille. Nous sommes complètement fans de ça.

— Aucune femme ? demande-t-elle, les yeux remplis de défis.

— Mon arrière-arrière-arrière grand-mère était l'une des meilleures confiseuses de la région selon les dires. Mais je ne saurais l'assurer moi-même, répondis-je.

Ma réponse semble lui suffire et elle me laisse lui raconter les grandes lignes de mon passé. La version, bien évidemment, édulcorée du nouveau Nolan. Mon thé fini, elle me remercie de l'avoir accompagnée pour ce dernier moment de la journée.

— J'aime beaucoup votre projet, m'avoue-t-elle au moment de nous séparer sur le palier de l'étage. Vous devriez exposer votre idée à des investisseurs. Je suis sûre que cela pourrait vous aider à vous étendre rapidement.

Je hausse les épaules, ayant toujours cru que mon travail suffirait.

— Les loyers à Amsterdam augmentent considérablement. Vous devriez y réfléchir, insiste-t-elle avant de s'éloigner vers sa chambre.

Sans un mot, je rejoins ma chambre en pensant à ce qu'elle vient de me dire. Gustave m'a prévenu par email que je dois aller voir mon local demain matin. Cela me laisse encore un peu de temps pour réfléchir à cette possibilité d'investisseurs et, le cas échéant, en parler à mon ami et conseiller.

Chapitre 9
Tess

Après le départ de mes parents, j'ai cru pouvoir m'arranger avec ma sœur pour partir plus tôt. Un arrangement tacite, simplement son silence. Seulement, elle ne semble pas du même avis que moi sur la simplicité de ce que je lui demande.

— Tessie, ils tiennent à ce que tu refasses partie de cette maison, m'a-t-elle lancé, à peine la porte d'entrée fermée sur eux.

— Refaire partie ? Tu rigoles, j'espère ? Ils n'ont même pas pris conscience qu'il manquait une de leurs filles sur cette photo. Toi non plus, d'ailleurs. Je n'ai rien à faire ici.

J'avais voulu garder mon calme à cet instant, mais vu les larmes qui coulent encore sur mes joues, cela n'a pas été concluant. La peine engloutie depuis des mois est revenue par vagues depuis mon arrivée ici. Moi qui peinais parfois à me souvenir de la raison pour laquelle j'évitais Amsterdam, je le sais maintenant. Je hais cet endroit à cause des personnes qui y vivent. Tomás, ma mère, mon père et maintenant Zoé qui devient l'enfant modèle et responsable.

Une partie de moi regrette l'attitude que j'ai eue avec ma sœur, mais ma fierté m'empêche de descendre m'excuser. Et puis, il y a cet inconnu avec elle au salon. Je les ai entendus en sortant toute à l'heure me chercher une couverture supplémentaire dans le placard de l'étage. Il lui racontait sa vie sans paraître dérangé.

À moi, elle ne m'a pas une seule fois demandé si j'allais bien, alors qu'elle interroge l'état mental d'un parfait inconnu avec intérêt. À cause du fossé entre les autres et moi, je n'ai même pas pu avouer à quelqu'un ici que je revenais travailler à Amsterdam dans un mois. Tout le monde semble trop occupé. Comme moi avant.

Sur cette constatation amère, j'éteins les lumières et me glisse dans mes draps épais. La deuxième couverture me paraît impeccable pour que je m'endorme rapidement. Néanmoins, trois heures après, les yeux toujours grands ouverts, je pousse un soupir désespéré. Déterminée à trouver le sommeil, je sors de mon lit, enfile un peignoir non loin et tâtonne dans la pénombre pour trouver la porte de la chambre.

Une fois sortie, le velux m'apporte assez de lumière de la lune pour m'orienter convenablement. Je descends les escaliers à pas de velours et me dirige vers la cuisine plongée dans la pénombre. Connaissant encore les emplacements des tisanes, je remplis la bouilloire et attends, le sachet dans une main et le mug dans l'autre.

La pénombre me mettant mal à l'aise, telle une voleuse chez soi, je m'approche de l'interrupteur et l'actionne.

Un hurlement étouffé sort de ma bouche quand je vois l'inconnu, assis au bord de la fenêtre, les yeux rivés sur moi. Sans aucune expression, il me détaille. Ses yeux ne bougent pas. Je pose ma main sur ma poitrine pour sentir mon cœur battre à tout rompre.

Tremblante, je tente de retrouver une contenance avant de l'interroger sur sa présence ici. Il ne réagit pas à ma première question. Ses lèvres bougent sans que j'entende sa réponse.

Sans le quitter des yeux, je remplis mon mug d'eau bouillante, pensant en moi-même que cela reste une bonne arme, s'il se révèle dangereux. Négligemment, je trempe mon sachet dans l'eau en même temps que je m'approche de son visage toujours immobile.

— Vous allez bien ?

Je commence à m'inquiéter quand il me semble entendre un prénom dans ses paroles incompréhensibles. Inquiète de le trouver dans un tel état catatonique, je pose une main sur son visage pour m'assurer qu'il est en bonne santé.

Sa réaction est immédiate. Ses yeux s'agrandissent et il me repousse violemment. Ma tisane brûlante m'échappe pour lui retomber dessus.

Il jure sous la chaleur excessive du liquide et bondit sur le côté. Son t-shirt est complètement trempé. Il se ressaisit en retirant immédiatement son t-shirt. Ainsi dénudé, je me sens mal à l'aise.

— Vous êtes complètement cinglée ma parole, s'exclame-t-il à mi-voix.

Je m'étonne de le voir penser au sommeil des pensionnaires après avoir été aspergé d'eau brûlante.

— Moi, cinglée ? Vous étiez en train de faire un malaise !

Ma défense semble le perturber. Il regarde où il est, perplexe, avant que ses yeux ne s'illuminent d'une explication que je peine à avoir.

— Somnambule. Je suis juste somnambule parfois, m'apprend-il. Et renverser de l'eau bouillante sur quelqu'un en crise n'est vraiment pas une bonne idée. Le réveiller non plus, d'ailleurs.

Je me mords la lèvre inférieure, gênée d'avoir mis en danger un inconnu en le réveillant en pleine crise de somnambulisme, mais incapable de m'en vouloir de lui avoir renversé de l'eau bouillante. Cet homme est insupportable avec moi depuis son arrivée. Ce n'est que partie remise.

— Ce n'est que de l'eau !

Mon ton désinvolte et hautain ne semble pas lui plaire.

— Ce n'est que de l'eau, m'imite-t-il d'une voix criarde. Vous avez un vrai problème !

Je l'ignore en faisait volte-face pour reprendre une tisane. Mon sésame pour une bonne nuit.

— Vous pouvez au moins m'en offrir un, dit-il toujours près de la fenêtre.

Ma bouche s'active avant que je ne puisse réfléchir à la maturité de ma réponse.

— Vous n'avez qu'à aller voir ma sœur si vous avez envie d'un thé. Apparemment, elle préfère le prendre avec vous.

Sans me retourner, j'imagine bien l'inconnu lever les yeux au ciel face à ma réplique peu intelligente. En me retournant, je me serais peut-être excusée s'il n'était pas déjà parti rejoindre les bras de Morphée à l'étage.

D'une traite, je bois ma tisane et monte rejoindre à mon tour le confort d'un lit bien chaud. Après quelques minutes à tourner dans les draps, mes yeux se ferment enfin.

*

D'humeur bougonne, je descends les marches sans avoir pris la peine de me préparer. Mes deux dernières fins de soirées ont été plus que catastrophiques et l'idée de passer une journée en compagnie de ma sœur, avec laquelle j'ai eu un différend la veille, ne m'enchante pas plus que ça.

Le souvenir de l'interdiction de Bill de travailler durant un mois me pèse. Les idées embrumées, je choisis de boire un café avant de décider du programme de ma journée.

— Tu es sûr de ne pas vouloir d'un bol ? Plus de café ne vaut-il pas mieux que pas assez ?

La voix mielleuse de Zoé me fait lever les yeux au ciel. Et contre toute attente, l'inconnu de la veille à qui elle s'adresse fait de même. Intriguée de voir quelqu'un résister un tant soit peu aux charmes de mon aînée, je m'avance dans la cage aux lions.

— Voilà la bouilloire ! Toujours sortir armé, me salue-t-il, sarcastique.

J'accepte sa pique sans broncher, consciente que mon comportement puéril d'hier n'est pas glorieux. Ma sœur hausse les sourcils, surprise, avant de s'affairer à la découpe de plusieurs oranges. Je la vois préparer le fameux multifruit pressé de la maison Abspoel avec un pincement au cœur. Jamais maman ne nous a laissées le faire à sa place durant notre enfance. Prenant très au sérieux son statut de tenancière de l'une des plus vieilles maisons d'hôtes de la ville.

— Je vais juste boire quelque chose et faire un tour en ville.

Je déclare ça, comme une fille le ferait à sa mère, en attente de permission. Le regard étrange que me lancent l'inconnu et ma sœur me prouve ce sentiment.

— Enfin, je ne serai pas là, quoi… marmonné-je, idiote.

Depuis mon arrivée ici, j'ai l'impression d'avoir régressé de quinze ans. Il faut que je me reprenne.

— Je vais être en retard, si je traîne. Merci, Zoé. Vous, je vous souhaite une journée glacée pour changer, dit-il en quittant la cuisine.

— De rien, Nolan, crie-t-elle, avant de se détourner vers moi.

Ma sœur lève sur moi un regard inquisiteur auquel je réponds d'un sourire vague. Je sors quelques minutes après ce Nolan, bien décidée à me changer les idées.

Ma matinée passe à une vitesse folle. J'envoie un message à Aurore pour savoir si elle veut boire un verre en fin de journée, mais je n'obtiens aucune réponse jusqu'à 14h.

Aurore : *Un verre maintenant, ça te va ? Après je dois choisir ma tenue avec Marie-Hélène. Tu vois la galère... Un petit remontant avant ne peut pas me faire de mal.*

Je m'empresse de répondre en avalant la glace, dessert du menu grignoté en vingt minutes au bord d'une terrasse d'un restaurant.

Tess : *D'accord, mais je ne veux pas la voir. Même dix secondes.*

Je n'ai pas les temps de déverrouiller mon téléphone que sa réponse apparaît.

Aurore : *Aucune chance là où on va. Je t'envoie l'adresse. À toute, ma belle.*

Interceptant le *tramway* au bon moment, j'arrive en même temps que mon amie au bar indiqué dans son message. Le pub, typiquement touristique, m'assure que la future belle-mère de mon amie ne viendra jamais ici. Je me glisse à la première table où Aurore vient de s'installer.

— Tu as une mine rayonnante ! s'exclame-t-elle.

Au vu de ma nuit agitée, j'en doute, mais je lui offre un sourire conciliant avant de la complimenter sur son joli teint, qu'elle m'assure détenir seulement depuis sa grossesse.

Je doute que des signes puissent apparaître aussi rapidement, mais je ne remets pas en doute ses certitudes. D'une, parce que je n'ai jamais été enceinte et je n'y connais rien, de deux, elle paraît réellement heureuse de penser ça, pourquoi viendrais-je lui briser sa joie de vivre ?

Notre entrevue tourne surtout autour de la programmation de son mariage. Elle me demande d'être sa demoiselle d'honneur. Hésitante, je lui promets une réponse bientôt. Ma manière d'esquiver semble lui convenir. Après presque deux heures de conversation, elle m'abandonne en tête à tête avec ma troisième pinte. L'amertume de la bière couvre quasiment l'aigreur d'estomac que j'ai depuis ma dispute avec Zoé, la veille. Rongée par la culpabilité, je vide d'un trait mon verre avant de régler. Le barman m'indique que mon amie l'a fait en partant. Surprise, je sors du pub.

L'air frais m'aide à m'éclaircir les idées.

D'un pas décidé, je rentre à la maison d'hôtes. Ce n'est qu'arrivée devant la porte d'entrée que la tête me tourne. Je pousse la poignée quand un vertige me prend. Une main me rattrape dans le vestibule sans que je comprenne ce qui m'arrive. Mon corps me paraît tout d'un coup plus léger et le contact moelleux d'un matelas m'englobe confortablement. Mes paupières se ferment immédiatement.

*

— C'est si étrange de la voir ainsi, murmure Zoé. Même si je suis l'aînée, elle a souvent été là pour moi dans ce genre de situations. Je ne pensais pas la retrouver un jour dans un tel état…

La voix de ma sœur s'arrête avant de reprendre dans un faible murmure :

— Pas encore tout du moins…

Des larmes apparaissent au coin de mes yeux, tandis que je reste immobile sur le canapé. Ma dernière apparition à Amsterdam, mon coup d'éclat à ma répétition de mariage a fait des dégâts et pas seulement en moi. Je n'ai jamais pensé à ce que ma famille avait ressenti à ce moment-là. J'avais déjà tellement mal. Je n'arrivais pas à penser à autre chose qu'à ma propre douleur.

— Comment était le local ? s'enquiert Zoé, plus joyeusement.

Nolan lui répond avec beaucoup moins d'entrain, alors que j'ouvre les yeux.

— Cher, trop cher pour moi, soupire-t-il.

Les yeux de ma sœur semblent s'illuminer à cet aveu pourtant triste.

— Il te faut vraiment un investisseur. Tu devrais demander à Tess.

Je referme prestement les yeux en les voyant tourner la tête vers moi. Pourquoi parle-t-elle de moi à cet homme ?

— Votre… sœur ?

Son air dérouté m'agace, mais je me retiens de faire un commentaire, jouant toujours l'inconsciente.

— Oui, elle se ferait un plaisir d'investir dans un si beau projet, déclare Zoé, d'un aplomb déconcertant.

Je me retiens de l'étouffer sur place. À quel jeu joue-t-elle ? Ce Nolan semble être d'accord avec moi, au vu de son silence.

— C'est son métier, je veux dire. Dénicher de belles pépites et les faire prospérer. Vous devriez accepter son argent ! enchaîne mon aînée, toujours aussi enthousiaste.

Sans lui répondre, il annonce qu'il monte dans sa chambre pour réfléchir à ce qu'il vient d'apprendre de son rendez-vous et sur la proposition généreuse, et complètement fausse, de ma sœur. Au moment où je l'entends monter les dernières marches, je rouvre les yeux.

Son visage triomphant est à seulement quelques centimètres du mien.

— Ce n'est pas bien d'écouter aux portes, annonce-t-elle.

Son ton, sûr d'elle, ne me dit rien qui vaille. Elle s'approche de moi, en me glissant une phrase subtilement au creux de l'oreille.

— Toi qui adores briser des rêves, je t'en offre un sur un plateau.

Son air vicieux me fait froid dans le dos. Voilà l'autre visage de Zoé, manipulatrice et rancunière. Depuis que mon entreprise lui a clairement signifié que son projet de retraite spirituelle était déjà vu et revu, elle a une dent contre moi, persuadée que je suis responsable de leur décision.

— Mais si tu veux redevenir la personne que tu étais avant, alors tu as encore une chance, déclare-t-elle en s'éloignant dans la cuisine.

Pantoise, je l'observe en train de sortir. Encore nauséeuse, je monte doucement les marches de l'escalier pour finir de décuver dans ma chambre.

Sur le palier, je croise le regard du nouvel arrivant. Son visage impassible m'observe un instant avant de claquer la porte. Si ce crétin est celui dont je dois briser le rêve, cela ne risque pas d'être trop dur pour ma morale.

Chapitre 10
Nolan

Encore humide de ma douche, je sors de la salle de bain, plongée dans la pénombre, à tâtons. Un bruit dans le couloir me pousse à sortir en serviette.

— Nous voilà sauvées, il est là, lance, sarcastique, la sœur de Zoé.

Sans avoir été présentés, je sais qu'elle se nomme Tess, qu'elle déteste le monde entier depuis deux ans et que sa sœur l'aime beaucoup. Pour ma part, je sais surtout qu'elle n'aime pas qu'on s'oppose à elle et ses caprices. Je ne l'aime pas beaucoup et cela a l'air réciproque. Mais contrairement à elle, je ne la juge pas. J'ai souffert et mon comportement n'était pas plus reluisant que le sien aujourd'hui. Je me suis tout de même enfui lâchement dans un autre pays.

Je referme ma porte. Rapidement, j'ouvre ma valise pour trouver ce que je cherche. J'enfile un jogging et un t-shirt pour ressortir sur le palier. Zoé, les cheveux en bataille et habillée d'une très courte nuisette, se balade des bougies dans les mains, de chambre en chambre, le visage désolé. Aucun touriste ne semble très inquiet, comparé à la responsable des lieux.

— Les plombs ont lâché, Zoé, ce n'est rien d'autre, s'évertue de la rassurer Tess.

L'aînée lui renvoie un regard assassin avant de s'atteler à s'excuser face au dernier client. En leur offrant des bougies pour pallier le manque de lumière.

— Tess.

Ma manière de l'appeler n'est pas aussi froide que je l'aurais pensé. Ma douche chaude m'ayant détendu. Elle arque un sourcil, mais s'approche.

— Oui, monsieur ?

Si elle n'avait pas levé les yeux en disant ça, j'aurais pu croire qu'elle m'offrait une marque de respect à cet instant. Je l'ignore, masquant mon exaspération avec la pénombre régnant dans le palier.

— Où sont les fusibles ?

Ma question semble l'intéresser. Elle avance d'un pas vers moi, avant de me répondre sérieusement :

— À la cave. Mais elle est bloquée depuis des mois, me prévient-elle. Seul mon père arrive à en forcer l'accès en cas de force majeure.

L'idée de devoir enfoncer une porte à l'aide de nombreux coups d'épaule ne me tente pas, mais je n'ai pas envie de passer le reste de ma soirée dans le noir.

— Je peux y aller ?

Sans répondre, elle hoche la tête et entame la descente de l'escalier. Comprenant qu'elle veut m'y accompagner, je la suis sans un mot, tandis que Zoé continue de s'excuser personnellement du désagrément aux personnes résidentes dans la maison d'hôtes.

La lune me permet de la suivre assez aisément sans me perdre. Sans se retourner une seule fois, elle traverse un petit salon, interdit aux gens de passage, et s'enfonce dans une sorte de cellier où aucune ouverture ne permet de bien voir. À tâtons, je délimite la pièce des mains pour ne pas m'y perdre, quand un rire provenant de ma guide m'arrête dans mon manège.

— Vous venez ou vous comptez rester ici, à trembler de peur ?

L'obscurité totale de la pièce m'empêche de distinguer son visage, mais je ne peine pas à l'imaginer victorieux et sadique. Je ne réagis pas et m'oriente vers sa voix, non sans balayer le sol de mon pied avant chaque pas. Un bruit aigu m'apprend que de vieux gonds rouillés viennent d'être importunés.

— La porte suivante est bloquée. Mon père a rajouté celle-ci pour isoler du froid et de l'humidité. La cave avait tendance à regorger d'eau quand j'étais petite.

Cette information ne m'enchante guère. Depuis tout jeune, l'eau n'est pas mon élément préféré. Voguer dessus ne m'apporte aucune angoisse du moment que je n'y rentre pas.

— Parfait, ironisé-je.

Je tends la main pour sentir le bois vieilli de la porte en question. Du bout des doigts, je comprends que l'humidité n'est pas qu'un ancien souvenir ici. Cette dernière est complètement gondolée. Dans un espoir vain et naïf, j'actionne la poignée. Rien ne se passe. Le souffle de Tess arrive sur ma nuque. Je ne peux pas la voir, mais je me l'imagine à seulement quelques centimètres de moi, les yeux relevés vers le ciel.

Je lui demande de se reculer quand je tente le premier coup d'épaule. Je grimace sous la douleur de l'impact, murmurant deux-trois jurons à l'intention des acteurs des films américains, semblant faire ce geste avec une facilité déconcertante. J'apprécie que ma spectatrice aveugle n'explose pas de rire, ce qui n'aurait qu'augmenté mon humiliation.

Après une multitude d'essais, n'entraînant qu'une vive douleur dans mon épaule et aucun mouvement sur ce fossile de bois, je tente une autre solution moins académique.

Le pied en l'air, j'enfonce le coin de la serrure en utilisant le poids de mon corps. Le stratagème fonctionne au deuxième essai. Je suis projeté en avant sous l'élan et, sans la main ferme de Tess, mon corps se serait projeté dans le vide de la cave.

— Merci.

Je ne m'étends pas sur les remerciements et elle ne semble pas y prêter attention. Me bousculant comme à son habitude, je la laisse descendre les quelques marches de bois pour entrer dans la cave.

Le grincement du bois sous nos pieds ne me dit rien qui vaille. Par expérience, je positionne ses derniers sur les extrémités de chaque planche, en cas de défaillance inopinée du bois. En posant les pieds sur le sol de terre, je comprends que la précision d'humidité faite par Tess, n'est qu'un euphémisme, la cave est plongée sous un filet d'eau de quelques centimètres.

— De l'électricité dans un lieu pareil, soufflé-je. L'installation est bonne à refaire.

Ma voix s'évade sur plusieurs mètres, m'apprenant que la pièce est d'une jolie superficie. Aucun point lumineux ne me permet de me diriger, je reste immobile, attendant une quelconque information venant de ma guide.

— S'il n'y avait que ça. Ma sœur cache l'état de la maison avec sa jolie décoration, mais au fond, il n'y a plus rien de bon dans cette bâtisse, déclare-t-elle en s'éloignant de moi.

Le bruit de l'eau m'indique chacun de ses pas. J'attends qu'elle s'arrête pour briser le silence :

— Vous êtes toujours aussi déprimante ?

Elle rit avant de produire une friction familière à mes oreilles. Je fronce les sourcils, intrigué, avant de m'extasier devant la flamme qui jaillit devant son visage.

— Je venais fumer en cachette ici, raconte-t-elle en fixant le petit briquet formant une faible lueur de lumière. Je suis étonnée qu'il soit encore là, avoue-t-elle en se rapprochant de moi.

Une nostalgie se lit dans ses yeux avant que la flamme ne vienne éclairer mes mains.

— Assez de lumière maintenant ?

Je hoche la tête en reportant mon attention sur le compteur électrique au fond de la pièce. Sans trop grimacer, je m'avance dans l'eau froide et noire pour me frayer un chemin jusqu'à celui-ci. Mes chaussures en cuir, définitivement mortes après cette inspection lugubre, je décide de me focaliser sur la technique. Le vieux compteur est identique à celui que mon grand-père m'avait montré autrefois.

Je l'ouvre avec précaution, incapable de savoir si ce qui le retient est encore en bon état. Ma constatation est rapide : l'ensemble du système a sauté. N'ayant aucun fusible sous les yeux à cause de sa vétusté, je prends le risque de relancer le mécanisme. Ma main droite soulève la lourde manette. Après quelques secondes de silence, un cri de joie résonne jusqu'à nous.

— Zoé a retrouvé la lumière, dit-elle en éteignant le briquet.

Je grogne, me retrouvant les mains encore dans le compteur, l'une des fermetures pendant au bord de mes doigts. Immobile, n'osant pas manipuler ce vieil objet sans refaire sauter l'électricité, j'attends qu'elle daigne remettre un peu de lumière. Mon silence ne la dérange pas. Elle s'éloigne déjà du fond de la cave en direction de l'escalier, sans me prêter attention. Exaspéré, je repousse doucement le battant sans forcer sur les vieilles jointures en plastique.

— Il faut débrancher le plus d'appareils possible, dis-je. Je n'ai aucune idée de ce qui a pu faire surcharger le compteur. Et vu son état, ce n'est pas lui qu'il va nous le dire, marmonné-je en me retournant maladroitement dans le noir.

L'eau qui ruisselle sur mes mollets me met mal à l'aise. L'envie de sortir de cette cave me pousse à accélérer le pas. Ce qui m'amène à être au bord du petit escalier quand Tess pose le pied sur la première marche. Sans faire attention, elle appuie entièrement son poids sur les bois pourris de cette dernière. Aucun craquement ne vient la prévenir de sa chute.

La planche cède et son corps est projeté en arrière. Le dos de son crâne me percute au visage. Je perds immédiatement l'équilibre, désorienté par l'obscurité. Nous ne comprenons ce qui nous arrive que lorsque l'eau imbibe nos vêtements. Mon jogging absorbe une quantité affolante de liquide puant avant que Tess ne fasse un seul mouvement.

— Tout va bien ?

Ma voix, un peu inquiète, résonne sur l'eau qui nous entoure. Le poids mort de Tess me pèse sur le bras gauche. Je m'apprête à lui redemander son état quand un gémissement sort de sa bouche. Ce signe de conscience me rassure et j'attends qu'elle reprenne ses esprits.

Au bout d'une minute, ses jambes se replient sur elle-même et elle s'étire. Visiblement sonnée, elle ne comprend pas où nous sommes.

— Tess, nous sommes toujours dans la cave. La marche de l'escalier a lâché avant que tu ne sortes de la pièce… lui expliqué-je doucement.

Cette promiscuité avec elle me perturbe. Je sens sa tête pivoter vers moi.

— Nolan ? souffle-t-elle.

Elle ne me laisse pas le temps de répondre qu'elle rajoute :

— Merci…

Je sens sa tête retomber lourdement sur le côté. Je jure et m'oblige à me relever malgré la douleur irradiante dans mon dos. Trempé complètement, j'arrive à me redresser en la portant à bout de bras. Son corps mou ne me rassure pas et je m'active à trouver la sortie. La retenant par un bras, j'arrive à m'orienter. L'escalier instable ne me paraît pas être une bonne idée.

À bout de bras, j'arrive à glisser ses jambes dans l'entrebâillement de la porte sans passer par le bois pourri. Son corps inerte glisse facilement de l'autre côté, avant que je m'y hisse à mon tour. Mes muscles me brûlent quand j'arrive dans le salon privé, Tess, inconsciente et trempée, dans les bras.

Je la pose sur l'un des fauteuils que je distingue dans la pénombre. Il me faut quelques instants avant de distinguer ce qui m'entoure grâce à la luminosité de la lune. La pâleur du visage de Tess m'angoisse. Je m'approche d'un interrupteur pour mieux y voir. Sous la lumière chaude et jaune de l'ampoule, elle reprend tout de suite beaucoup plus de couleurs face à moi. Ses yeux papillonnent, essayant de reprendre conscience.

— Ce n'est rien, lui soufflé-je. Une petite commotion en tombant peut-être. J'ai la tête dure…

Ma dernière remarque étire un sourire que je n'avais encore jamais vu sur son visage. Je reste assis sur le sol, à côté d'elle, un moment. Je la distrais en racontant une des pires chutes que j'ai eue dans ma jeunesse. Une vilaine bosse agrémentée d'une lacération au niveau des côtes. L'anecdote, que je sois tombé trois fois dans les pommes à l'évocation d'une aiguille pour me recoudre les bras, semble beaucoup l'amuser.

Au bout d'un moment, son nez se fronce et elle arrive enfin à articuler une phrase :

— Ça pue… Nous puons, précise-t-elle.

Je renifle et me rends compte de l'odeur ambiante qui nous entoure.

— Vous n'allez pas encore enlever votre t-shirt ? me taquine-t-elle. Je crois que je pourrais comprendre de travers ce genre de coïncidence, rajoute-t-elle dans un demi-sourire.

Je lui souris en faisant semblant de l'enlever. Elle se cache le visage de sa main telle une enfant. Son geste me fait sortir un rire dont je n'avais pas ressenti les effets depuis longtemps.

— Promis, j'arrête de me déshabiller. Mais nous allons tout de même devoir faire quelque chose pour l'odeur, ris-je.

Elle hoche la tête, en accord avec ça. D'une main, elle attrape le montant du canapé pour se relever. Je lui soutiens le dos, prêt à la maintenir au moindre signe de faiblesse.

— Je vais bien, m'assure-t-elle.

Je fais semblant de m'éloigner, toujours un œil sur elle. Elle apprécie ma marque de confiance et se relève en position assise. Toujours le visage pâle, elle attend un instant avant de se redresser complètement et se mettre debout. Les yeux brillants, elle m'observe sans animosité. Presque curieuse de me voir toujours là. Je m'apprête à briser ce silence, quand une voix aiguë arrive de l'autre côté de la porte. Zoé, les cheveux en bataille, déboule, l'air paniqué.

— Le four ne marche plus, s'exclame-t-elle en regardant sa sœur.

Pas une seule émotion d'angoisse ou de sympathie ne transparaît. Notre absence durant plusieurs minutes ne semble pas l'avoir affectée le moins du monde.

Livide, Tess la regarde sans savoir quoi dire. Dans ses yeux, une vague de tristesse disparaît pour laisser place à un voile impassible.

Cette femme n'est pas mauvaise. Elle ne veut juste plus souffrir. Cette constatation m'attriste et me soulage en même temps.

Quelqu'un me ressemble ici.

Chapitre 11
Tess

L'interruption volontaire de ma sœur, avec sa terrible nouvelle de fourneau grillé, me permet de fuir la présence de Nolan sans chercher d'excuse. Son attitude chevaleresque de ce soir me met mal à l'aise. Je ne suis pas le genre de femme à avoir besoin d'aide. Surtout pas venant d'un homme.

Décidant que les émotions sont suffisantes pour la soirée, je remonte rapidement l'escalier menant à l'étage en prenant garde à ne pas tomber une nouvelle fois. Des flashs de la cave me reviennent, sans me souvenir exactement de ma chute. Seule la douleur, encore bien présente en bas de mon crâne, me rappelle à quel point l'impact a dû être violent. Avant de filer dans ma chambre, je tente un passage dans celle, fermée à clef, de mes parents. Excédée de ne même pas avoir cette clef, je dois me résoudre à attendre Zoé sur le palier de l'étage. Elle arrive quelques minutes plus tard, l'air bougon, en compagnie de Nolan. Elle est en train de lui chuchoter quelque chose à l'oreille, quand je me racle la gorge. Il s'avance vers moi, quand je déclare vouloir parler à ma sœur. Cette information l'arrête dans son élan et il se retourne pour ouvrir sa porte de chambre. Son regard pivote vers moi pour m'adresser un dernier regard, que je tente d'ignorer tant bien que mal.

— Tu aurais un médicament contre la douleur ?

Je baisse la voix au maximum pour que Zoé soit la seule à entendre ma demande. Elle fait une moue songeuse avant de me répliquer, sans tact :

— Après l'alcoolisme, c'est la dépendance aux médicaments ? Tu veux tuer maman, c'est ça ?

Sa réponse me cloue sur place. Je n'ai pas le temps de lui dire que j'ai fait une chute dans la cave qu'elle tourne les talons et s'enferme dans sa chambre. Stupéfaite, je reste immobile sur le palier un moment avant de m'obliger à rentrer dans la mienne.

L'idée de dormir me paraît impensable avec la douleur qui me lance dans le crâne. L'absence de sang me paraît aussi bien une bonne qu'une mauvaise nouvelle. L'idée d'envoyer un message à une ancienne amie médecin, Carla, me vient à l'esprit avant d'abandonner cette histoire saugrenue. Comment expliquer mon silence de quasiment vingt-quatre mois, à la femme qui devait tenir ma traîne lors de mon mariage ?

Dépitée, je m'allonge sur le lit en fixant le plafond. Un oreiller calé sur la partie supérieure de mon crâne pour éviter que l'hématome plus bas ne touche le lit. Cette position inconfortable m'empêche bien évidemment de trouver le sommeil. Je me résous à me relever quand un bruit sur le palier attise ma curiosité. Couplée à l'envie d'une bonne tasse de thé et d'un sac congelé pour atténuer la douleur, je décide de sortir de ma chambre.

Aussi doucement que la veille, je descends l'escalier pour rejoindre la cuisine. J'allume la lumière et vois, sans surprise, Nolan, les yeux dans le vide, collé à la fenêtre. Une larme coule le long de sa joue. Cette fois-ci, je m'interdis de le réveiller.

Discrètement, je rejoins l'autre bout de la cuisine pour me préparer ma tisane. Une fois la tasse bouillante sur le plan de travail, je quitte la cuisine pour le cellier. L'immense congélateur s'ouvre sans faire trop de bruit. La lumière blanche qui s'en dégage me fait papillonner les yeux, un instant avant de trouver ce que je cherche. Un petit sachet de petit pois, parfaitement adapté à l'endroit de mon hématome.

Je le sors et le pose immédiatement sur ma peau. Des frissons apparaissent sur mon cou au contact du plastique froid. Je soupire de soulagement quand l'aspect glacé diffuse la douleur jusqu'à ne plus rien ressentir. Je reste un moment au-dessus de l'immense bac congelé, avant de me souvenir de la tisane qui m'attend. Quand je reviens, je suis étonnée de voir Nolan debout contre le plan de travail. Il me tourne le dos. Je fais attention de ne pas le toucher en le contournant et attrape ma tisane de ma main libre, gardant l'autre en contact avec ma peau.

— Bon choix les petits pois !

Sa voix me fait sursauter. Quelques gouttes du liquide présent dans le mug s'écoulent sur le sol, n'ébouillantant personne cette fois-ci. La main tremblante, je l'observe.

— Pardon. Je ne sais jamais quand prévenir quelqu'un que je suis sorti d'une crise, s'explique-t-il, en se grattant l'arrière du crâne, penaud. C'est toujours... délicat ?

J'avale ma salive et pose ma tasse sur le plan de travail, avant de le regarder droit dans les yeux pour lui répondre. La larme que j'ai aperçue sur sa joue en arrivant a disparu.

— J'aurai dit « drôle », « étrange », « inquiétant », « surprenant »... Mais oui, partons sur « délicat ».

Je dis ça dans une tentative, plutôt mauvaise, d'alléger l'atmosphère. Il ne m'offre qu'un vague sourire avant de s'approcher de la théière encore fumante.

— Je peux ? demande-t-il.

Pour toute réponse, j'ouvre le placard pour lui attraper une tasse. Il l'accepte sans un mot et s'installe de l'autre côté du comptoir. Il verse l'eau encore chaude sur un petit sachet de thé menthe. L'odeur agréable envahit l'espace. Honteuse, je prends conscience qu'il a pris une douche entre temps, comparé à moi, toujours poisseuse de l'eau de la cave.

— Pardon, je pue, m'excusé-je.

Il relève la tête, le regard perdu. Je me montre d'un geste rapide pour expliquer ma phrase.

— Oh, souffle-t-il simplement, avant de baisser les yeux sur sa tasse.

D'une manière machinale, il tourne la cuillère à l'intérieur de sa tasse, en petits cercles réguliers. Je m'assieds en face de lui, silencieuse, observant son manège.

La douleur estompée, j'arrive de nouveau à me détendre. Presque hypnotisée par le mouvement régulier de la cuillère, mes paupières s'alourdissent quand il se met à parler d'une voix basse :

— Je connais la raison de mon somnambulisme.

Je ne dis rien, ayant trop peur de l'arrêter dans son élan de confession.

— J'avais vingt-deux ans. L'accident était inévitable selon les pompiers, pour toutes les deux. Elles rentraient d'une soirée de bienfaisance, organisée par la mairie. J'étais grippé, incapable de me lever et elles ont voulu rentrer plus tôt pour s'occuper de moi sûrement. 23 heures. Une route sinueuse et glissante. Du verglas et un camion en travers de la route.

Ma fatigue me pousse à fermer les yeux et imaginer la scène. Je vois deux femmes riant dans la voiture. Elles n'ont pas de visage, mais je sais qu'elles tiennent à Nolan. L'une des deux conduit, assez prudemment, sur la route, tandis que l'autre lui raconte un événement de la soirée. Elles semblent complices. La conductrice se détourne un instant de la route pour sourire à la passagère. Une fraction de seconde de trop. Lorsqu'elle voit le camion, il est trop tard. Sa voiture est lancée trop rapidement. Dans un dernier élan de survie, elle braque son volant à droite. Sa voiture fait une envolée et s'arrête dans la cime d'un pin. Le choc a raison des deux femmes. Sur le coup. Sans souffrance.

Quand je rouvre les yeux, Nolan pleure autant que moi. Mes yeux croisent les siens et je sens une peine immense le traverser.

— Je n'avais plus qu'elles. Ma mère… et l'amour de ma vie, souffle-t-il.

Dans un élan de culpabilité de l'avoir observé pleurer sans un mot tout à l'heure, puis de le voir ainsi se confier à moi, je contourne le plan de travail et l'attire d'une main dans mes bras. Le contact chaud de ses bras tranche avec celui, froid, du sac de congélation. Son torse se soulève plusieurs fois avant de se calmer. Ses larmes s'arrêtent et il me repousse gentiment. Gênée par mon comportement familier, je m'écarte de lui, les yeux baissés.

— C'est vrai… Tu pues, me répond-il dans un demi-sourire.

Sa manière de dérider la situation me soulage. Je recule pour m'asseoir à califourchon sur un tabouret proche du sien.

— Je sais… Mais j'avais tellement mal au crâne que j'en ai oublié l'odeur, avoué-je.

Il fronce les sourcils et se lève. Je me tends en le voyant contourner mon tabouret avant de comprendre qu'il souhaite examiner sous le sac congélation. Je retire les petits pois que je pose sur le plan de travail et laisse ses doigts chauds palper ma peau.

Son premier contact ne me fait ressentir aucune douleur comparé au deuxième, où je ne peux m'empêcher de pousser un cri plaintif. Il s'excuse à demi-mot et revient s'asseoir en face de moi.

— Tu auras un beau bleu et probablement une bosse, m'indique-t-il. Mais rien de très alarmant. Juste douloureux sur le moment.

J'acquiesce en reposant les petits pois pour évacuer la douleur qui revient déjà.

— Tu veux un autre sac, il ne doit plus être très efficace, me dit-il.

Consciente qu'il a raison, je le laisse aller m'en chercher un autre. Il revient avec un sac de congélation de ma mère. Dessus l'inscription « Préparation Tomás » me crispe. Nolan ne comprend pas mon changement d'attitude et me lance un regard perplexe. Pour cacher ma gêne, je tends la main pour récupérer le sachet et arrêter de fixer bêtement ce nom.

Il me l'offre sans chercher plus loin. Souhaitant éviter des questions, je me lance avant lui :

— Tu fais des crises depuis longtemps ?

Je n'ose pas le regarder en l'interrogeant, ne sachant pas s'il se sent prêt à dévoiler ce genre de chose à une quasi — inconnue.

— Depuis leurs décès, de temps en temps. Et chaque nuit depuis mon retour ici, avoue-t-il, en portant son thé à sa bouche.

Il avale plusieurs gorgées avant d'ajouter :

— Et toi ? Depuis combien de temps détestes-tu le reste du monde ?

Sa question, bien que légitime, me blesse. Avoir l'image d'une femme aigrie et en colère n'est pas très reluisant. Je bois une bonne partie de ma tisane avant de lui répondre, aussi calmement que possible :

— Vingt-quatre mois. Quasiment.

Il ouvre la bouche pour répliquer, mais je l'arrête dans son mouvement, utilisant le peu de courage que l'adrénaline de ce soir m'a procuré, pour me confier comme lui.

— Au début, j'étais plus dans une sorte d'auto-destruction visible. J'ai commencé à boire. En peu de temps et beaucoup de quantité. Bref... Ce n'était pas beau à voir. J'ai même détruit la totalité du décor de ma répétition de mariage au milieu de mes amis et familles invités pour l'occasion. Personne n'était au courant que je venais d'apprendre que le mariage n'aurait pas lieu. Que ce n'était qu'une mascarade. Je... Je n'ai pas eu le courage de le dire. J'ai préféré le montrer.

Je ris nerveusement en me souvenant de la femme que j'étais à l'époque, ivre morte, tanguant de droite à gauche, portant ma belle robe blanche de future mariée. La bile me montait à la gorge en pensant au visage de l'ordure que j'aurais dû épouser. Et la vengeance m'avait paru la meilleure solution.

Je me redresse sur mon tabouret pour éviter de regarder l'expression énigmatique de Nolan.

— Pourquoi t'abandonner avant le mariage ? Une autre femme ?

Sa question me déclenche un rire incontrôlable. Stoïque, il m'observe, cherchant une véritable réponse.

— Je n'ai pas assez bu pour te répondre… Mais non, ce n'était pas une autre femme. Mon ego n'est pas si fragile que ça. Je n'aurais pas été… détruite… pour une tromperie.

Il termine son thé en silence avant de se relever et de m'apprendre qu'il va se coucher.

Je lui souhaite une bonne nuit, quand je crois l'entendre murmurer :

— Je n'ai pas besoin de te faire boire, juste de te prouver que tu peux avoir confiance.

Je secoue la tête, persuadée de délirer. Après dix minutes seule dans la cuisine, je décide de laisser les deux sacs de congélation dans le réfrigérateur et de monter me coucher.

Chapitre 12
Nolan

En me réveillant, je me promets d'éviter au maximum Tess dans la journée.

Les yeux mi-ouverts, je me remémore, honteux, mes révélations de la veille et la manière dont j'ai interrogé sans gêne cette inconnue sur son passé. Ce n'est pas parce qu'elle me fait penser à moi, il y a quelques mois, que je dois me mêler de sa vie privée.

— Tu es là pour concrétiser ton rêve, gars, pas mettre ton nez dans des histoires compliquées.

Me parler à voix haute a le mérite de me faire réagir. J'enfouis mon visage dans le coussin pour étouffer mon cri d'énervement, avant de sortir rapidement des draps chauds. Le peu de courage que j'ai me traîne de force sous la douche. À l'odeur du parfum d'olive verte qui se répand dans la pièce, je souris. Le visage de Tess, rougi de gêne, me revient en mémoire. Se rendre compte que j'avais eu le temps de me laver, comparé à elle, avait eu l'air de beaucoup l'ennuyer. L'odeur de renfermé et de vase qu'elle transportait n'avait pourtant pas réussi à me dégoûter.

Il se dégageait d'elle une fragilité, mélangée à une détermination sans borne. Sa force mentale l'empêche de plier complètement, mais son comportement avec le reste du monde ne me prouve qu'une chose : elle souffre.

En prenant conscience que je pense encore à elle, je jure et rentre sous l'eau chaude. Je me délasse sous le jet quand le visage d'Ellie revient, comme l'autre matin, dans mon esprit. J'active le jet d'eau froide pour oublier cette réminiscence douloureuse. Le changement de température est efficace et ne me donne pas envie de m'attarder dans la cabine de douche. Je sors prestement, ayant pensé cette fois-ci à amener dans la salle de bain, deux serviettes propres données par Zoé hier soir, pour m'éviter de glisser sur le parquet de la chambre, le corps trempé.

L'idée que l'aînée des Abspoel n'ait pas vu l'état préoccupant de Tess, hier soir, en arrivant dans le salon privé, me laisse perplexe. Cette femme est avec moi aussi prévenante qu'une mère le serait. Comment peut-elle ne pas se rendre compte à quel point sa sœur ne va pas bien ?

C'est en me posant toujours cette question que je descends l'escalier pour prendre mon petit-déjeuner. Heureux de ne pas croiser Tess, je prends place à côté de Zoé, un sourire charmant sur le visage. Bien décidé à lui tirer les vers du nez concernant ses sentiments et intentions envers sa sœur cadette.

— Bien dormi ? m'enquiers-je, sincèrement.

Mon ton joyeux obtient tout de suite une réponse en conséquence. Zoé me parle, agrémentée d'un sourire rayonnant.

— Après le retour de l'électricité, comme un bébé. Un ami m'a proposé de venir résoudre le problème. Il s'y connaît apparemment et comptait passer dans le coin pour voir quelqu'un.

Le fait de solutionner rapidement ce problème semble la soulager. La sentant apte à parler, je m'avance sur le sujet qui m'intéresse.

— Ta sœur a eu un petit incident hier, lui apprends-je sans vouloir l'alarmer non plus.

Zoé tourne immédiatement la tête vers moi, un croissant au bord des lèvres qu'elle retire prestement pour me fixer un long moment. Ses yeux plissés me font hésiter à continuer, mais le silence pesant m'y oblige.

— Elle est tombée. Ce n'est qu'un petit hématome sur l'arrière du crâne, mais je préfère ne pas être le seul au courant.

Sans que je puisse m'y préparer, la femme assise à mes côtés se relève. Son visage se rapproche de moi. Son souffle chaud se pose sur ma peau à seulement quelques centimètres de son visage, quand elle murmure d'une voix pleine de menaces :

— Si tu as touché un seul de ses cheveux, je te préviens que...

Je l'arrête immédiatement, horrifié qu'on puisse penser que je pourrais lever la main sur une femme.

— Non. Bien sûr que non !

Ma voix s'élève un peu trop fort et un couple âgé me dévisage, avant de reprendre leur déjeuner à l'autre bout de la grande table du salon.

— Alors quoi ? s'impatiente-t-elle, visiblement de nouveau sur les nerfs.

J'avale un morceau de brioche et le mâche précautionneusement avant de lui répondre. Cherchant mes mots, pour éviter une nouvelle menace de sa part. Voyant que j'attends qu'elle se calme, elle reprend place sur sa chaise, en tapotant nerveusement la table de son index droit.

— Elle est tombée dans la cave, à cause du bois pourri du petit escalier qui y mène. Elle m'a atterri dessus. Une simple commotion à mon avis, mais...

— Tu es médecin ? me coupe-t-elle, acerbe.

Je ne réagis pas, plutôt surpris de faire face à une réaction aussi agressive. Zoé tient donc beaucoup plus à sa sœur qu'elle ne semble le faire croire.

— Tu n'as réellement pas vu l'état de nos vêtements quand tu es arrivée dans le salon hier soir ?

Ma question lui fait écarquiller les yeux. Elle se frotte les yeux en murmurant quelque chose. J'attends patiemment sa réponse et l'explication de son manque de considération pour sa sœur à ce moment-là. Je bois un verre de leur jus de fruits maison quand elle me répond :

— Je croyais que… vous aviez… Enfin, tu vois, commence-t-elle à répondre avant de s'éclaircir la gorge et m'offrir une réponse plus claire. Elle a besoin de trouver un homme bien en ce moment. Vous étiez tous les deux dans le même état et vos regards étaient plutôt suggestifs… J'ai tiré des conclusions, qui n'étaient pas les bonnes visiblement.

Sans le vouloir, je rougis à son insinuation. Avec cette explication, j'aurais presque envie de rire. La situation devait être cocasse pour elle. Mais je sais aussi que cette méprise a vexé Tess et cela me peine pour elle.

— Tu devrais lui expliquer. Elle croit que tu ne fais pas attention à elle.

Elle enfourne un morceau de brioche dans sa bouche en me répondant. Je lui renvoie un regard interrogateur, n'ayant rien compris à son charabia. Elle ouvre plus grand la bouche pour articuler, la brioche pas encore totalement engloutie.

— Tant mieux.

Hébété, je l'observe sans comprendre. Comment peut-on vouloir que notre unique sœur pense que nous n'avons que faire d'elle.

Zoé ayant vu mon incompréhension avale rapidement sa bouchée avant de m'expliquer son raisonnement :

— Elle s'est confiée à toi, n'est-ce pas ?

J'acquiesce sans m'épancher sur le sujet. Dans les faits, je n'ai pas appris grand-chose que je ne savais déjà. Son attitude m'avait déjà appris plus de la moitié de ses révélations.

Cependant, mon hochement de tête paraît plaire à Zoé qui continue :

— Quand Tessie est acculée, elle s'ouvre à quelqu'un. Si ce quelqu'un, c'est toi, tant mieux. Je n'ai jamais été celle qu'elle a choisie pour se confier. Ce n'est pas grave. Mais je sais qu'elle a besoin d'avoir quelqu'un en ce moment. Juste pour l'épauler. Et tu as besoin d'elle pour ta confiserie. Je n'ai fait que vous pousser à communiquer. N'y vois là rien d'autre qu'un échange de bons procédés. Mais si tu tombes sous son charme, ne lui fais pas de mal. Elle a déjà assez souffert comme ça.

La fin sonne comme la menace de toute à l'heure. J'hésite entre en vouloir à cette femme à l'esprit tordu ou lui dire merci. Elle n'a pas tort, j'ai besoin d'un coup de pouce financier. Mon bailleur a été clair. Pas un seul loyer en retard où je devrai mettre la clef sous la porte et ouvrir une confiserie ailleurs, sans un sou en poche. Mes économies et mon héritage passent entièrement dans ce projet de vie. Je n'ai pas le droit à l'erreur. Et Tess semble bien avoir besoin d'une oreille attentive. En tout bien, tout honneur.

Zoé sort de table avant que je n'aie pu lui répondre. Silencieusement, je termine mon repas, décidé à proposer mon projet à Tess.

Ma résolution de ne pas lui parler de la journée n'a pas duré longtemps. Je ne m'en préoccupe pas lorsque je frappe à sa chambre, motivé à vendre mon avenir.

Au moment où une voix masculine résonne dans le vestibule, Tess me répond.

Chapitre 13
Tess

Voir débarquer Nolan, fraîchement réveillé, une pile de documents sous le bras, m'a surprise. Je le détaille de haut en bas, encore sur le seuil de ma chambre, intriguée. Il n'a pas dit un mot depuis que je l'ai laissé entrer.

Une voix provenant du salon m'a fait un drôle d'effet, avant que je ne me résonne sur l'improbabilité de ce à quoi je pensais. Le téléphone dans les mains, venant juste de raccrocher avec ma mère pour la prévenir de mon retour définitif à Amsterdam, je l'observe en attendant des explications.

— Je dérange peut-être ? s'inquiète-t-il en passant son regard de mon téléphone à mes mains.

Sa prévenance m'arrache un sourire. Quelques minutes plus tôt, je lui aurais certainement répondu oui. L'idée d'appeler ma mère est venue dans la nuit. Après avoir fait un cauchemar, où elle mourrait dans un terrible accident. Rien de très original quand on sait que Nolan m'a raconté, il y a peu, l'accident de sa mère. J'ai profité de cet appel pour enterrer la hache de guerre et lui dire à quel point ils comptent pour moi. Au vu de l'émotion dans la voix de ma mère, cela a eu l'effet escompté.

— Absolument pas.

Il se détend et s'avance un peu, avant de s'arrêter à nouveau, mal à l'aise d'être ainsi dans ma chambre. Je tire sur les draps pour redonner une certaine contenance à la pièce et lui propose un des sièges dont je retire les vêtements.

— Tout va bien ? s'enquit-il, sûrement à cause des cernes qui marquent mon visage.

Je fais un signe de la main comme quoi cela n'a pas d'importance et je tends le bras vers son tas de dossiers. Il hésite avant de me les donner :

— Zoé m'a dit que vous étiez... dans le milieu de l'investissement et...

Sa manière de ne pas vouloir me forcer la main me fait sourire, mais la timidité dans le milieu des affaires n'est pas un atout.

— Restons au tutoiement et oui, je vais jeter un œil sur ça. Mais je ne suis pas sûre de pouvoir faire quelque chose, dis-je pour le mettre en garde sur la dureté de la concurrence dans un tel milieu.

Il déglutit, mais acquiesce, sûrement conscient de la réalité du marché. Il ne s'attarde pas, me laissant examiner ses papiers. Soulagée qu'il me laisse seule pour découvrir l'ampleur d'une entreprise sûrement scabreuse, je me lève et enclenche le verrou pour être sûre de ne pas être dérangée.

Les premières pages du dossier au-dessus de la pile relatent des faits datant de plusieurs dizaines d'années. Le nom de famille Welt revient souvent. Je suppose rapidement qu'il s'agit de celui de Nolan. Son arrière-grand-père possédait une confiserie unique dans le centre d'Amsterdam, à une époque où le fait-maison et les commerces de proximité fleurissaient dans notre beau pays. Les articles sur le talent des hommes Welt dans la confiserie sont étonnants. Je parcours rapidement ce kaléidoscope du passé pour me concentrer sur les chiffres.

Un élément indispensable dans le projet d'une entreprise, qu'importe son envergure.

Étonnamment, je constate que Nolan n'emprunte que très peu d'argent pour monter sa société. La plupart de ses ressources venant de l'héritage de ses parents, puis de son grand-père. L'ordre des décès me choque légèrement, même si j'avais conscience de la mort prématurée de sa mère.

Selon les dates, son père est décédé plusieurs années avant sa mère. Bien sûr, rien n'indique de quoi. Pour ce qui est de l'argent de son grand-père, il ne l'a obtenu que plusieurs mois après le décès de sa mère. En quelques mois, Nolan a perdu l'intégralité de sa famille. Cette constatation me peine.

Prise d'une curiosité, peut-être malsaine, j'ouvre le navigateur internet de mon téléphone pour rechercher des articles remontant à plus de deux ans.

Les accidents emportant deux femmes n'étant pas monnaie courante, je tombe rapidement sur l'article recherché.

Deux femmes décèdent dans un tragique accident.

Je lis rapidement les mots du journaliste :

Elisabeth Welt et sa future belle-fille ont succombé immédiatement, selon des sources médicales.

— Future belle-fille, murmuré-je.

Nolan était donc fiancé à cette jeune femme. La photo de la voiture illustre l'article et dans un encadrement plus petit, la photo des deux victimes apparaît. Je ne distingue pas clairement leurs traits, mais elles paraissaient radieuses.

J'éteins mon téléphone, culpabilisant d'une telle intrusion dans son intimité et je reviens à ses dossiers. Les chiffres me paraissent bons, ce qui m'étonne. La renommée de sa famille et son étude de marché, cumulées à l'argent personnel qu'il investit lui-même, semblent amener à une future entreprise viable rapidement. Au point d'intéresser *Maas & Abspoel Holding*, peut-être pas, mais je suis curieuse de m'y pencher tout de même, une partie de moi ayant envie de montrer à ma sœur que mon métier ne se résume pas qu'à des décisions sans humanité.

Après une bonne heure à prendre des notes sur ce projet, je sors de la chambre pour frapper à celle de Nolan. Je tends l'oreille sans entendre de réponse. J'actionne la poignée sans résultat. Il a dû partir. Je descends quand la même voix que tout à l'heure m'interpelle, suivie de la voix de ma sœur.

— Sors d'ici, déclare-t-elle. Tessie est là et te voir n'est pas son vœu le plus cher en ce moment, crois-moi !

Je fronce les sourcils, étonnée de l'entendre parler aussi sèchement à quelqu'un d'autre que moi. Je me glisse dans le salon privé, sans un bruit, prête à espionner sans être vue. Des pas font grincer le parquet du vestibule. L'envie de pencher la tête à travers la porte entrouverte est tentante, mais je ne m'y risque pas. Ne sachant pas exactement ce qui m'attend de l'autre côté et faisant confiance au jugement de Zoé sur ce coup-là, je reste cachée.

Au moment où un claquement de porte suivi d'un long soupir soulagé résonne dans le vestibule, je sors de ma cachette.

De ses deux prunelles, elle me juge. Je ne lui laisse pas le temps de prendre le contrôle de la conversation :

— Qui était-ce ?

Elle se détourne de moi, pour remettre en ordre les divers parapluies mis à disposition des résidents pour leurs sorties pluvieuses.

— Personne, évite-t-elle.

Je lâche à mon tour un soupir avant de lui prendre les mains pour l'obliger à me regarder. Elle s'arrête, les yeux brillants. Nous n'avons jamais été très douées pour communiquer l'une et l'autre, mais je l'aime et j'espère que c'est aussi son cas.

— Zoé, chuchoté-je.

Elle me regarde sans rien dire. Ses lèvres sont complètement écrasées par ses dents. Les arêtes de sa mâchoire sont tendues sous une nervosité palpable. Me cacher l'identité de cet inconnu semble autant lui importer que lui coûter.

— S'il te plaît, insisté-je.

En se passant la main dans les cheveux, elle me répond dans un faible chuchotement, redoutant ma réaction :

— Tomás…

L'effet sur moi est immédiat. Je bégaye, recule, titube, mais me ressaisis.

En quelques jours, son nom est revenu plus qu'en vingt-quatre mois. Le tabou autour de lui semble être levé dans mon entourage. Zoé me prend le bras pour me maintenir, mais je me dégage. La tête me tourne quand je m'entends lui demander :

— Que faisait-il ici ?

Je me souviens du mot écrit chez Aurore. De mon mensonge concernant mon état. Que j'étais même prête à le voir autour d'un verre. Est-il venu pour ça ? Je regrette d'avoir fait croire à tout le monde que je vais bien. Je ne suis pas prête. Pas encore…

C'est ce que je me dis quand Nolan interrompt cet instant familial. Zoé lui glisse un regard lourd de sens pour lui demander de nous laisser. À l'inverse, je lui attrape le bras. Perplexe, il plonge son regard dans le mien.

Désespérée, je m'adresse à lui comme à une bouée de sauvetage :

— On sort manger ?

Ma sœur et lui semblent aussi surpris l'un que l'autre. L'une me dévisage, tandis que l'autre réfléchit à sa réponse.

La peur de me faire rejeter par lui me comprime l'estomac. Je suis à deux doigts d'enlever ma proposition quand il réagit enfin :

— J'ai vraiment faim, avec plaisir !

C'est comme ça que je quitte, dans un état second, la maison d'hôtes, avec Nolan à mes côtés. Il me jette quelques coups d'œil intrigués, sans pour autant me demander ce qui semble me bouleverser à ce point. J'apprécie ça et l'en remercie intérieurement, incapable de formuler quoi que ce soit lors de notre trajet. Bavard, il ne paraît pas s'en soucier. Il m'apprend que son local est pratiquement prêt et qu'il aimerait me le montrer pour avoir un avis professionnel sur la qualité du lieu et de l'installation. Je hoche la tête, reconnaissante qu'il aborde ce sujet.

Au moment de nous installer sur une charmante terrasse d'un restaurant non loin de la maison d'hôtes, il m'apprend qu'il quittera bientôt notre maison pour retrouver la sienne.

— Trop de vieilles choses ? le taquiné-je.

Il rit à ma remarque, soulevant le souvenir dans la cave avant de me répondre très sérieusement.

— La maison que j'ai achetée est très vieille aussi. Mais je m'y sens comme chez moi. Pour tout avouer, je l'ai achetée pour une fenêtre, déclare-t-il en portant un morceau de pain à sa bouche.

Intriguée, je lui demande de m'en expliquer davantage. Ses yeux brillent d'un bonheur que je n'avais encore jamais vu quand il se met à décrire le lieu qu'il définit comme son « chez-lui ».

— La fenêtre dans la chambre est une véritable œuvre d'art ! Elle s'avance légèrement sur la rue de cinquante centimètres peut-être. Au premier étage et donnant sur une rue très large, elle apporte à la pièce une luminosité incroyable.

Je me projette parfaitement dans le reste de la maison qu'il me décrit avec exactitude et passion. S'il n'avait pas comme projet d'être le confiseur d'Amsterdam, je lui aurais conseillé de devenir agent immobilier, sans hésitation. Ensuite, il me demande de décrire mon appartement à Rotterdam. À cet instant, j'hésite à lui dire que je compte m'installer ici. Mais je trouve cela plus juste de le dire à ma sœur en premier, je me retiens donc et me mets à décrire l'ensemble froid et moderne qui me sert de logement là-bas.

— Un vrai nid douillet, ironise-t-il quand je lui avoue ne posséder qu'une touche de couleur, provenant de la plante de mon assistante Kathleen.

Je trouve cela, moi-même, d'un triste quand je m'entends et je préfère rapidement changer de sujet lorsque les cartes des menus arrivent. Nolan me dit qu'il veut réapprendre à aimer les fruits de mer après l'une des plus grosses intoxications alimentaires de sa vie. En attendant notre entrée, il me raconte à quel point il a pu être malade sur l'un des bateaux de croisière où il travaillait pendant quelques semaines l'été, durant sa jeunesse pour se faire de l'argent de poche.

— J'ai cru que c'était le mal de mer, dit-il avant de m'expliquer que les crevettes ingérées n'avaient même pas été digérées par son estomac.

Elles étaient intactes. Son corps souhaitant les expulser au plus vite. Après lui, deux autres employés avaient fini la tête dans les toilettes. La croisière durait deux semaines. Il en passa plus de la moitié au bord d'une cuvette, malade. Son histoire a le mérite de me faire rire. L'air frais du mois de décembre ayant découragé la plupart des touristes à manger dehors malgré les radiateurs installés, nous sommes libres de parler et rire à notre guise.

L'entrée se passe dans la même ambiance, nous échangeons des souvenirs et anecdotes cocasses. Je le soupçonne de deviner mon besoin de distraction et je joue le jeu avec plaisir, oubliant mon état catatonique de toute à l'heure.

Le repas se déroule à merveille jusqu'au moment de débarrasser notre plat principal. Je lui tends mon assiette avant de fixer le trottoir d'en face qui grouille de monde. Une silhouette familière se dégage de la foule et je retourne la tête prestement, espérant avoir été la seule à le voir. Nolan m'observe et détourne la tête pour regarder un homme d'un mètre quatre-vingt s'approcher de notre table à grandes enjambées.

— Tessie ! s'exclame-t-il.

Obligée de me retourner, je plaque un sourire faussement enjoué sur mon visage pour faire face à Tomás de Kuyper, futur beau-frère de ma meilleure amie et accessoirement mon enfoiré d'ex-fiancé. Il toise Nolan d'un regard hautain avant de se tourner complètement vers moi. Il se penche pour me faire la bise, mais un réflexe de survie me fait reculer. Comprenant le message, il lâche un baiser dans le vide avant de se redresser.

— Qui est-ce Tessie ? Un ouvrier pour ton nouvel appartement ?

Sa façon de me donner encore un surnom, comme si nous étions proches, m'écœure. Je le regarde, offusquée, à voir la manière dont il parle de Nolan, mais surtout par le fait qu'il sache que je vais avoir un nouvel appartement.

Il semble comprendre la deuxième partie de ma réaction, car il rajoute :

— Kirstin m'a dit que tu revenais vivre ici. C'est merveilleux, s'enthousiasme-t-il.

Mal à l'aise et ne sachant pas quoi répondre, je fixe mon chocolat chaud, maudissant intérieurement ma mère. Comment a-t-elle pu lui parler depuis mon appel qui ne date que de ce matin ? Est-ce sa voix qu'elle a entendue dans le salon dans la matinée ? Il lui semblait bien l'avoir imaginé, mais jamais Zoé ne l'aurait laissé venir en sachant qu'elle était en haut… Le doute s'immisce sur la solidarité entre sœurs quand une voix brise ce silence gêné.

— Je ne suis pas un ouvrier. Nous n'avons pas été présentés, Nolan Welt, déclare-t-il.

Sa voix détachée me fait relever la tête.

— Tomás de Kuyper, enchanté, enchaîne le nouvel arrivant.

Les deux hommes se toisent un instant avant que le serveur n'arrive et brise cette tension palpable. Ce dernier m'observe comprenant que son intervention casse quelque chose. D'un sourire plus qu'aimable, je l'invite à parler.

— Je dois mettre un autre couvert pour le dessert et le café ? nous interroge-t-il.

À cet instant, je regrette de ne pas l'avoir renvoyé sur-le-champ à une autre table. Ma bouche s'ouvre, mais Nolan est plus réactif.

— Non. Monsieur allait s'en aller, déclare-t-il en adressant un sourire des plus hypocrites à Tomás.

Impassible, ce dernier hoche la tête avant de se pencher vers moi. Je n'ai pas le temps d'esquiver quoi que ce soit. Il dépose un tendre baiser sur ma joue, à ma grande surprise et incompréhension. Mon pouls s'accélère sans que je le veuille et le rouge me monte aux joues.

Je jure intérieurement contre ma réaction de jeune adolescente attardée et reprends une contenance en le voyant déjà s'éloigner. Son dos droit et son costume cintré m'offrent le dernier pincement au cœur de la journée.

C'est du moins ce que je crois avant de détourner le regard pour voir Nolan me dévisager, visiblement déçu.

— Qui était-ce ? m'interroge-t-il.

Honteuse, je dois lui avouer qu'il n'est autre que l'homme m'ayant brisé le cœur en se jouant de moi jusqu'au mariage. Je ne m'étends pas sur le sujet en le voyant se renfermer. Le serveur revient rapidement pour prendre notre commande. Je décide d'opter pour le moelleux au chocolat, ayant besoin d'un remonte-moral rapidement.

Chapitre 14
Nolan

Je suis soulagé de voir l'addition arriver. Tel un *gentleman*, je la paie sans tenir compte de son refus. Notre conversation n'a plus la même légèreté depuis l'apparition express de Tomás de Kuyper. Un dandy, sûrement très fortuné au vu de son allure guindée et de la montre hors de prix qu'il arborait au poignet.

— Étale ta richesse de cœur, le reste en découlera naturellement, me disait mon grand-père.

Pourtant, Tess semble bien être encore sous le charme de cet arrogant et cela m'énerve plus que ça ne le devrait. Quand le serveur détaille l'addition et mentionne les suppléments intégrés au menu de Tess, je la vois protester.

— Je loge déjà gratuitement chez tes parents. Impossible, en plus, de manger à l'œil grâce à un autre membre de la famille Abspoel, décrété-je.

Mon argument l'arrête dans sa tirade d'égalité des sexes, que je trouve pourtant adorable chez elle, laissant le serveur prendre ma carte bancaire. Même si son visage est redevenu d'une couleur rose habituelle, je n'ai plus la même femme devant moi. Je n'ose d'ailleurs plus la regarder dans les yeux depuis qu'elle m'a appris que l'homme, que j'ai congédié sans beaucoup de tact, n'est autre que son ex-fiancé. À voir la manière dont il la regarde, lui aussi, leur histoire n'est pas complètement terminée.

Tentant de me raisonner, je me perds dans mes pensées et bouscule une serveuse qui passe derrière ma chaise. Je m'excuse platement, en ramassant le contenu de son plateau qui se retrouve par terre. Soulagé de ne voir aucune casse notable, je réitère mes excuses en me relevant en même temps qu'elle. La serveuse, Jenny, m'offre un adorable sourire en s'exprimant dans un anglais ponctué d'un accent du nord. Je la gratifie d'un autre sourire avant de rejoindre Tess, déjà isolée au bord du restaurant.

Cette dernière m'observe en fronçant les sourcils. Je m'arrête à son niveau quand elle me lance :

— Un vrai tombeur avec ces dames apparemment.

Une sorte de pointe d'énervement s'échappe de sa phrase.

Intrigué, je l'observe, avant de sortir d'un ton acerbe, repensant à sa réaction face à son ancien fiancé, une parade qui lui cloue le bec :

— Je n'ai pas de montre à des milliers d'euros, alors j'utilise ce dont j'ai hérité de naissance.

Je ponctue ma réponse d'un grand sourire forcé avant de traverser la route. Douchée, elle ne réagit pas, me suivant à quelques mètres. Les premières secondes, ma réplique m'apparaît appropriée et bien jouée. Les suivantes, je m'en mords les doigts. Le silence pesant de Tess m'apprend que je viens de la vexer.

Je tourne et retourne une phrase d'excuse dans ma tête, quand je sens sa main sur mon bras. Je me penche sur le côté et la regarde. Le visage baissé, elle semble rougir.

— Je suis nulle pour les excuses, me prévient-elle avant d'en formuler une. Mais, je sais que je n'aurais pas dû... m'écraser comme ça devant lui.

Le mot utilisé ne me convient pas, mais si elle se sent « écrasée » en sa présence, cela me paraît plutôt flatteur pour moi. Je réfléchis à ça quand nous arrivons devant une immense vitrine, où les décorations de Noël fleurissent par dizaines.

— J'adore Noël, s'extasie-t-elle.

Étonnée, je la contemple un instant. Ses yeux brillent face à la devanture. Sans réfléchir, je lui prends la main et l'entraîne à l'intérieur. Elle glousse devant mon empressement enfantin, mais obtempère sans rechigner.

L'odeur de cannelle qui se dégage de la boutique envahit mes narines et me donne envie de cuisiner.

— Bonjour à vous et joyeuse période de Noël, chantonne la propriétaire des lieux.

Dans son accoutrement, on sent l'amour inconditionnel pour cette saison. Des petits sapins en terre cuite décorent ses oreilles, au bout de petites chaînettes.

Un collier en argent, dont le pendentif rouge et vert représente un sapin de Noël agrémente une chemise grise, où plusieurs boules de décorations sont imprimées.

Un lutin pourrait sortir du comptoir que je ne m'en étonnerais pas.

— Que souhaitez-vous ? nous demande-t-elle en fixant nos deux mains liées d'un sourire charmant.

Avant que je ne puisse répondre, Tess se jette dans les rayons, un sourire rayonnant plaqué sur le visage.

— Vous avez des... et ça... oh et il faut absolument ça pour la maison d'hôtes... et ta maison Nolan, tu dois la décorer !

Elle virevolte entre les rayons, remplissant ses bras pour venir les décharger dans un panier mis à disposition par Brenda, la propriétaire.

— Votre amie semble aimer Noël, me glisse-t-elle.

J'observe une nouvelle Tess dans cette boutique où la magie de Noël respire dans chaque objet. De mon côté, je lui prends plusieurs épices typiquement des fêtes que j'aperçois de l'autre côté du comptoir.

— Elle compte décorer un quartier ainsi, s'étonne un vieil homme qui sort d'une porte de remise.

Brenda et moi lui lançons un regard amusé, constatant que Tess n'a pas encore fini ses achats. Elle hésite plusieurs fois à acheter un sapin argenté pour le palier de la maison d'hôtes. Elle me demande mon avis entre deux guirlandes pour chez moi. N'arrivant pas à trancher, elle opte pour les deux. Des chaussettes de Noël et autres petits objets remplissent les sacs que nous ramenons à *Kerstboom*.

Zoé nous accueille, trépignant d'impatience d'avoir des détails sur notre déjeuner. Tess se faufile dans sa chambre, me laissant seul, pour subir l'interrogatoire de son aînée. J'ai à peine le temps de m'asseoir dans le canapé du salon qu'elle m'assaille de questions.

— C'était bien ? Vous avez mangé où ? Vous avez été longtemps quand même… Vous vous êtes baladés ? Un bisou ? Un rapprochement ? Une dispute ? Pourquoi elle avait autant de sacs dans les mains ? Et pourquoi as-tu fait des courses ?

Cette dernière remarque, elle l'accompagne d'un mouvement vers le sac plastique qui regroupe les épices prises chez Brenda. J'ignore la plupart de ses questions, ayant moi-même des interrogations depuis le midi.

— Qu'est-il arrivé à Tess ?

Mon approche abrupte surprend Zoé, qui s'étale sur le fauteuil où elle est assise. Elle tâtonne l'accoudoir cherchant par où commencer et les limites de ce qu'elle peut me révéler. Cette femme a un vrai sens moral que j'apprécie, outre les petites manigances malsaines qu'elle crée derrière le dos de sa sœur.

— On va dire qu'elle… Elle n'a pas aimé la bonne personne, mais grâce à elle, ladite personne a gagné beaucoup.

Sa réponse vague et énigmatique ne m'aide pas beaucoup à comprendre comment une femme aussi taciturne et renfermée depuis des jours devient un feu-follet intarissable dans un magasin de Noël.

— Noël a un rapport avec ça ?

Ma question lui provoque une tout autre réaction. Elle se fige et se redresse, très sérieuse d'un seul coup.

— Elle t'a raconté ?

C'est autant une question qu'un reproche. L'envie de *bluffer* et de lui répondre que oui me vient à l'esprit, avant d'opter pour la vérité, sachant pertinemment la réaction de la sœur aînée.

— Non, avoué-je.

— Alors tu devras attendre qu'elle te l'explique, déclare-t-elle en se relevant prestement. Je ne suis pas une balance.

Je soupire. La réaction de Zoé est légitime. J'ai même honte de lui avoir demandé ça, mais je n'ose pas affronter le regard de Tess et l'entendre formuler que cet homme lui a brisé le cœur, en connaissant chaque détail. Inquiet d'être aussi affecté par quelqu'un d'inconnu, il y a encore quelques jours, je monte dans ma chambre pour me changer. Après une rapide douche, sous laquelle je ne perds pas mon temps, j'enfile une tenue décontractée.

Un coup d'œil dans le miroir de la salle de bain me fait constater que ma barbe brune commence à devenir imposante. La coupe travaillée de celle de trois jours ayant disparu dans les décombres d'une pilosité récalcitrante. Cela donne à mon visage une maturité nouvelle.

Je passe une main dans mes cheveux longs et tente de stopper les bouclettes qui se forment autour de mon visage. Mon action est, bien entendu, inutile. M'écartant un peu de la vasque, j'observe le reste de mon apparence. En comparaison du reste, le jogging et le polo que je porte me rajeunissent.

Ne pouvant rien faire de plus pour améliorer mon image sur l'instant, je sors de la chambre avec le sac plastique des épices dans la main. Zoé est en train d'éteindre les lumières quand j'arrive.

— Tu fermes déjà ? me désolé-je.

Elle ferme à clef la porte d'entrée et vient vers moi, le visage visiblement exténué.

— Oui. Cette nuit, il n'y a que nous trois dans la maison d'hôtes. Tess ne veut pas sortir dehors et a déjà pris un bouillon pour rester dans sa chambre. J'ai déjà dîné tôt et je pensais que tu voudrais aussi rester ici après une journée dehors. À moins que tu veuilles sortir et…

Je l'arrête en levant mon sac plastique à la hauteur de ses yeux.

— Si tu acceptes que j'utilise la cuisine, pas besoin de sortir pour moi non plus.

Sans hésiter, elle m'y autorise. D'une voix faible, elle me souhaite une bonne nuit et monte à l'étage. Pour respecter son couvre-feu, je ne rallume aucune lumière sur mon passage jusqu'à la cuisine, m'orientant grâce à la lune.

Arrivé dans la cuisine, mon atelier du jour, j'allume la lumière et pousse un soupir d'excitation. Me retrouver devant des fourneaux m'a manqué durant les derniers jours. Je vide le contenu de mon sac sur le plan de travail, ferme la porte menant au salon et ouvre une application de musique sur mon téléphone. La liste musicale nommée « Noël pour toujours et à jamais » apparaît tout de suite. Je clique sur ce dernier pour lancer une première musique. Mes jambes se mettent immédiatement à bouger au rythme des chants de Noël. Une odeur de cannelle envahit l'espace de la cuisine, tandis que je fais bouillir de l'eau chaude.

Je sors plusieurs bols pour verser des quantités précises de sucre en poudre, farine et beurre quand un mouvement attire mon attention. Tess est sur le seuil de la porte. Je baisse le son de la musique pour m'excuser du bruit.

— Je ne voulais pas te réveiller, assuré-je. Ou te déranger.

Elle s'avance vers le plan de travail, intriguée par la multitude d'épices et d'ingrédients présents.

— Tu cuisines ? demande-t-elle.

Je hausse les épaules ne sachant jamais quoi répondre. Mon grand-père disait que nous étions les cuisiniers de l'âme et du cœur, mais pas du corps. Mais lui dire ça dans ces circonstances paraîtrait présomptueux. À la place, je me retiens de dire quoi que ce soit.

— Ça sent bon, enchaîne-t-elle en s'approchant du sachet de cannelle.

— La cannelle est l'odeur que j'associe le plus à Noël.

Elle paraît d'accord avec moi avant de se pencher au-dessus de la noix de muscade, gingembre en poudre, sel, graines de tournesol et de citrouilles écorchées. Les sentant un à un avec un sourire enfantin sur le visage.

— J'ai l'impression de retourner chez ma grand-mère, souffle-t-elle en se redressant.

— Elle aimait faire des préparations ?

Ma question est très intéressée. Il est rare de rencontrer d'autres personnes intéressées par la vraie confiserie maison. Un art plus souvent perpétué en famille, de génération en génération.

— Non... Mais elle avait un ami confiseur. Et elle adorait nous en ramener à Zoé et moi lors de nos visites, me raconte-t-elle, nostalgique.

Je lui offre un sourire en mélangeant mes ingrédients. Elle ne met pas longtemps à m'interrompre une nouvelle fois.

— Tu fais quoi exactement ?

— J'avais envie de faire quelque chose pour *Sinterklaas*[2].

Elle me regarde, les yeux ronds, avant de sortir son téléphone de sa poche et de regarder la date.

— Déjà, murmure-t-elle. Cela fait autant de jours que je suis ici.

Sa réflexion m'amuse et j'éclate de rire en écrasant ma pâte sablée.

— Et quelles gourmandises prépares-tu ? se reprend-elle en rangeant son téléphone.

Elle désigne les nombreux sachets, perplexe de voir autant d'épices différentes.

— J'avais envie de faire des couronnes de vanille danoises, des *Szaloncukor*[3]... Excuse-moi pour l'accent, je ne parle pas très bien hongrois. Mais leurs bonbons sont excellents, tu vas voir. Tu préfères la noix de coco, la fraise, la vanille ou la noisette ?

Je défile les parfums que j'ai à ma disposition, heureux d'avoir dévalisé l'étalage de Brenda. Elle m'annonce qu'elle mangera absolument tout sans rechigner. Son

---

2. Fête traditionnelle néerlandaise, célébrée le 5 décembre (équivalent de la Saint-Nicolas).
3. Bonbons typiquement hongrois

enthousiasme me met du baume au cœur. En bonne spectatrice, elle ne m'interrompt qu'une ou deux fois, regardant la plupart du temps mes gestes en silence. Après la dernière fournée, je m'installe à côté d'elle en glissant de l'eau chaude dans deux tasses.

Elle y trempe un thé à la menthe qu'elle me tend ensuite :

— On partage ?

J'acquiesce et prends le sachet pour le plonger dans mon eau.

— Tu me parais aimer Noël, dis-je entre deux gorgées de thé fumant.

Elle passe son doigt plusieurs fois sur les rebords de sa tasse, songeuse.

Ses yeux se perdent dans l'eau bouillante et elle me répond, ailleurs :

— Ma grand-mère adorait Noël. Ma mère aussi d'ailleurs. Elles m'ont donné le virus quand j'avais à peine cinq ans. À m'emmener au *Christmas Palace*[4]. Je me souviens que j'y passais à chaque fois que je rentrais de l'école et je regardais ce fameux père Noël dans la vitrine qui indiquait les jours restants avant Noël. J'étais si excitée quand le chiffre diminuait. Il y avait les odeurs et notre recherche de sapin *Bloemenmarkt*.

L'allusion au marché flottant aux fleurs me renvoie des années en arrière. Je me revois tirer Ellie par le bras pour choisir notre premier sapin. Elle n'en voyait pas l'intérêt, argumentant qu'il allait perdre des dizaines d'épines dans notre loft.

— Mais... dis-je, tandis qu'elle s'est arrêtée dans ses souvenirs.

---

4. Situé le long du canal Singel à Amsterdam, ce magasin est dédié 365 jours par an à Noël.

Elle se racle la gorge pour évacuer l'émotion palpable dans sa voix.

— La réalité nous rattrape. La magie de Noël disparaît. On apprend que ce n'est qu'une date sur un calendrier, résume-t-elle plus froidement.

— Sauf que tu es retombée dedans tout à l'heure, au magasin.

Elle grimace avant de sourire, prise en flagrant délit d'aimer encore cette période.

— Cela reste notre secret si tu veux. Avec moi, tu peux toujours aimer inconditionnellement Noël.

Ses yeux se plantent dans les miens. Une bouffée d'émotions me submerge autant qu'elle, quand l'alarme du four résonne. La magie de l'instant s'évapore et Tess en profite pour se relever.

— Je vais devoir aller dormir. J'ai du boulot si je veux me pencher sur ta confiserie, m'avoue-t-elle dans un demi-sourire.

Déjà penché au-dessus de mes grilles, je lui souhaite une bonne nuit, sans vraiment la regarder, toujours un peu troublé par notre échange.

Elle n'est plus la femme renfermée et méfiante du début. La magie de Noël est peut-être en train de fonctionner.

Chapitre 15
Tess

Mes yeux s'ouvrent d'un seul coup. Désorientée, je regarde la pièce. Le rire glaçant en fond disparaît pour laisser place au silence pesant de la nuit. Je roule sur le côté pour me glisser hors de mes draps. Mon corps est plein de sueur. L'envie de prendre une douche, malgré l'heure avancée dans la nuit, me propulse dans la salle de bain. J'allume l'eau et sort de mon pyjama. Le tissu roule sur ma peau avant d'atterrir sur le sol. Je pousse un soupir face au froid qui entoure mon corps nu. Sans attendre, je m'infiltre sous les filets d'eau chaude. Des frissons de plaisir réchauffent ma peau et je me détends enfin. Plus d'une semaine que je fais ce rêve angoissant.

Voir Tomás dans ce restaurant avec Nolan m'a plus perturbée que je n'aimerais l'avouer. J'ai tenté de me changer les idées, plongeant dans le projet de la confiserie des jours entiers. Les chiffres a priori bons recelaient quelques irrégularités, mais après mon passage, Nolan pourra démarcher n'importe quelle société d'investissements sans crainte. Peut-être même que je proposerai le projet à Bill... Cette idée émerge, mais je la repousse immédiatement.

— Ne mélange pas le travail et les sentiments, me convaincs-je.

Mon souffle est quasiment inaudible. Cependant, il suffit à me créer une boule dans l'estomac. L'eau chaude n'y fait rien. Savoir que Nolan commence à me plaire m'inquiète. Tard, chaque soir, nous passons un moment en tête à tête. Nos rendez-vous nocturnes, bien qu'au hasard au début, sont devenus pour moi incontournables. Peu importe si l'envie de prendre un thé est là, je descends dans l'espoir de l'y trouver. Ce qui est à chaque fois le cas. Je n'ose pas penser que pour lui ce n'est qu'une coïncidence malheureuse, mais l'ombre de ma sœur plane toujours. Je les vois si proches depuis les derniers jours que je recommence à me dire qu'il ne faut pas aimer sans réfléchir avant.

Je ne connais pas cette personne. Même si nos conversations sur le passé et le présent m'apprennent chaque jour de nouvelles facettes de lui, je ne sais pas qui il est vraiment.

Et la fatigue qui s'accumule à cause de mes nuits agitées m'empêche de réfléchir posément à cette situation et aux sentiments naissants envers lui.

Nous n'avons pas reparlé une seule fois de mon emménagement futur à Amsterdam. Zoé n'est d'ailleurs toujours pas au courant. En rentrant du restaurant le jour de notre rencontre fortuite avec Tomás, j'ai fait promettre à ma mère de ne le dire à personne d'autre pour le moment. Même si elle ne semblait pas en comprendre la raison, elle m'a assurée tenir sa langue à l'avenir.

J'ai écourté notre conversation pour ne pas avoir à parler de Tomás. Elle qui tenait tellement à ce que je devienne une de Kuyper.

L'angoisse qui commençait à disparaître renaît sous mes côtes. La douleur me bloque un instant la respiration avant que je ne me force à me détendre en massant l'intérieur de ma nuque.

Mes doigts passent sur ma peau doucement.

La pression sur mes muscles me fait pencher la tête vers l'arrière. Un souffle chaud se répand sur mon corps et je souris à l'homme qui se penche au-dessus de moi.

— Alors, prête à devenir madame de Kuyper ? me souffle Tomás, le visage détendu.

Sa barbe de quelques jours me chatouille l'oreille et je rigole en m'éloignant de lui. Une salve d'eau s'écrase sur mon visage et je suis obligée de relever mes cheveux trempés, collés sur mon visage, pour l'observer.

Ses muscles fins et dessinés s'offrent à moi, tandis qu'il me rejoint sous le filet d'eau chaude qui se dégage de notre luxueuse et neuve douche italienne. Lui qui voulait un appartement dans lequel sa famille pourrait se sentir bien, il a complètement réussi. En nous imaginant bientôt mariés et parents, je frissonne de plaisir. Il m'attrape le cou pour apporter ses lèvres aux miennes. Je me laisse faire, posant mes mains sur ses hanches. L'eau coule sur nos deux corps chauds quand un murmure me parvient.

— Tess, ma jolie Tessie. Bien sûr que ce n'était qu'une histoire de business. Cela n'en était pas autant pour toi ? Tu y as cru ? Tu me déçois d'être aussi naïve.

L'eau chaude qui coule sur mes joues provient de mes larmes. Je cligne des yeux et comprends que je viens une nouvelle fois, d'avoir ce cauchemar.

Recroquevillée sur le sol de la douche, le carrelage froid derrière le dos, je grelotte. L'eau ne m'atteint plus et je sens le froid de la pièce m'entourer. Incapable de bouger, je reste ainsi à regarder l'écoulement de l'eau.

Le ruissellement des gouttelettes sur la paroi vitrée m'obsède.

Je pose la tête contre le carrelage, en essayant de calmer mes pleurs. Mon corps se soulève à chaque sanglot avant de s'écraser contre le carrelage humide.

— Tess ?

La voix de Nolan me lance une décharge électrique. Ne sachant plus si je rêve ou non, je me redresse pour éteindre l'eau et tendre l'oreille. Aucun bruit. Je pousse un soupir, persuadée d'être une nouvelle fois sujette à des hallucinations, et je me lève du petit coin de la douche, où j'avais trouvé refuge.

Mes plantes de pied glissent sur le sol mouillé. Je me retiens plusieurs fois, les jambes flageolantes, au mur de la salle de bain. Je ne prends pas la peine de prendre une serviette étant quasiment sèche.

Seuls mes cheveux mouillés provoquent une petite traînée d'eau. À moitié inconsciente, je sors de la pièce pour retrouver mon lit.

Il me faut plusieurs secondes pour réaliser que Nolan est assis dessus. Son regard passe de mon visage à mon corps nu. Tel un *gentleman*, il détourne les yeux en prenant conscience de la situation.

— J'ai prévenu de mon arrivée, bégaye-t-il.

Immobile, je l'observe sans comprendre sa gêne. Les vapeurs d'eau chaude, mon cauchemar et le manque évident de sommeil me laissent dans un état second. Voyant que je ne réagis pas, il détourne la tête vers moi. Ses yeux me transpercent, mais je ne ressens rien. Une fatigue m'envahit et je sens mes jambes se dérober sous moi. Les bras de Nolan m'entourent au moment où je devais entrer en collision avec le sol.

Des larmes coulent sur mes joues et je m'entends lui murmurer, suppliante :

— Ne m'abandonne pas.

Plongée dans mes rêves, je l'imagine me répondre qu'il ne le fera jamais. Je sens sa présence autour de moi. Puis une chaleur réconfortante, un lit peut-être, m'englobe.

Ma tête est plus légère et je m'endors profondément, oubliant les cauchemars des derniers jours.

*

Quand mes yeux s'ouvrent, la journée semble bien avancée. Je m'étire et profite de cette sensation de plénitude que je n'avais pas ressentie depuis longtemps. Une odeur de miel me parvient au moment où une main se glisse dans l'encadrement de la porte. La silhouette de Nolan, habillé d'un simple jean et t-shirt gris, se dessine. Il ferme précautionneusement la porte et pose deux tasses sur le coin de la commode près de la porte avant de se retourner vers moi. Me voir éveillée semble l'étonner.

— Tess, souffle-t-il.

Je lui souris sans trop savoir ce qu'il fait là et me redresse. Mon mouvement, trop violent, me procure un vertige. Je me laisse tomber sur le matelas, un peu perdue.

— Qu'est-ce que j'ai ?

Ma voix est rauque. Il s'avance doucement, semblant réfléchir à ce qu'il va me dire.

— Je t'ai trouvée ici, seule, un peu désorientée, m'explique-t-il. Je suis venu après t'avoir entendu hurler dans la nuit. Tu étais complètement trempée et tu es tombée dans les pommes.

Rougissant de honte, je tente de me rappeler de la veille. Mon manque de sommeil des derniers jours est-il un facteur de cette soudaine fatigue ? Sûrement… Je me redresse, cette fois-ci précautionneusement, et je m'assieds en face de Nolan, déjà sur mon matelas, les mains jointes devant lui.

Il a l'air préoccupé.

— Tout va bien ?

Ma question ne lui fait pas relever la tête. Je me mords les lèvres avant de me rapprocher de lui, jusqu'à sentir sa jambe contre la mienne. Ses yeux passent sur mes jambes nues avant de sourire. Il se détourne de trois quarts en se frottant le visage.

— Qu'est-ce que tu cherches à faire ? me demande-t-il.

Intriguée de le voir s'éloigner de la sorte, je tente de sentir discrètement mes cheveux pour savoir si j'ai une quelconque mauvaise odeur. Quand mes yeux se baissent, je me rends compte de ma complète nudité. Le drap ayant glissé lors de mon changement de position. Les joues en feu, je bégaye des excuses en me glissant sous les draps.

— Je n'avais pas vu, tenté-je de me rattraper. Comment suis-je… enfin tu…

Il fait volte-face vers moi en voyant que je suis de nouveau couverte. Une attention que j'apprécie. Ses yeux sont aussi rieurs que sa bouche et je pique à nouveau un fard.

— Tu étais nue en sortant de la douche et cela n'avait pas l'air de beaucoup te déranger, avoue-t-il. Et puis tu es tombée, je t'ai rattrapée et mise au lit. Rien de plus, me rassure-t-il.

Je hoche la tête, un peu confuse. Pour arriver à une telle extrémité, je devais être extrêmement fatiguée. Nolan semble penser la même chose quand il rajoute :

— Je t'ai fait du thé pour que tu ailles mieux, mais tu as déjà meilleure mine. Zoé m'a demandé de te donner une lettre, dit-il en se redressant. Si je ne te le dis pas tout de suite, je vais oublier.

Il se lève prestement pour attraper une lettre assez épaisse, ornée de fil ocre et argenté.

— Je peux sortir si tu veux, me propose-t-il, quand je retourne l'enveloppe dans mes mains.

Le papier utilisé me rappelle quelque chose, mais je n'arrive pas à mettre le doigt dessus. Je regarde Nolan en fronçant les sourcils au moment où mon doigt glisse dans la rainure du papier. D'un coup sec, je déchire le dessus de l'enveloppe.

Je n'ai pas besoin d'aller plus loin pour comprendre de quoi il s'agit. Ma main tremble au-dessus de l'ouverture et Nolan se rassied, me sentant faiblir.

— Peux-tu l'ouvrir ?

Ma question semble le surprendre, mais il obtempère en me prenant l'enveloppe des mains. Délicatement, il retire le papier argenté à l'intérieur. J'observe cette couleur comme une plaisanterie de mauvais goût. La famille de Kuyper a osé utiliser les mêmes enveloppes pour les deux mariages de leurs fils. L'un annulé, l'autre dans seulement quelques jours.

— Les familles de Kuyper et Amstel ont l'honneur de vous inviter à l'union de leurs enfants, Frederek et Aurore. Vous assisterez à la cérémonie religieuse en l'église de...

— Westerkerk, finis-je, des larmes coulant sur mes joues.

Le texte est quasiment identique au mien. Les souvenirs affluent aussi vite que la douleur. Nolan me prend la main et me demande d'un regard s'il doit continuer. Je hoche la tête, prête à subir la suite.

— Une seconde cérémonie aura lieu dans la chapelle familiale. Vous êtes également convié à la réception dans la demeure des de Kuyper et pour le bal qui s'en suivra, continue-t-il.

Il hésite un instant avant de reprendre :

— Coucou ma belle, je suis tellement heureuse de t'avoir comme demoiselle d'honneur. Nous n'aurons pas la chance de faire un véritable enterrement de vie de jeune fille, avec tu sais quoi dans... Mais de toute manière, Marie-Hélène était contre ce genre de tradition, mais ta présence au mariage est indispensable. Une robe arrivera chez tes parents dans quelques jours, dis-moi s'il y a besoin de retouches. Tu seras une merveilleuse demoiselle d'honneur, j'en suis sûre. On se voit bientôt. Aurore.

Il redresse la lettre après avoir lu la note manuscrite rajoutée à la main par mon amie. Le mariage est réel. Ce faire-part aussi... Je déglutis péniblement en tendant la main vers l'invitation. Nolan me la donne, me fixant d'un air inquiet.

En bas de page, une note dactylographiée m'attire l'œil. Comme je m'y attendais, ils souhaitent que je vienne accompagnée. Une nouvelle boule d'angoisse vient se loger à côté des autres.

— Super... Après la colère, ils auront la pitié, marmonné-je.

Nolan esquisse un mouvement de bouche que j'arrête en me relevant. À cet instant, peu m'importe ma nudité. J'enfile rapidement une robe en laine et commence à faire les cent pas. L'énervement me gagne et je me sens tout de suite mieux. Je fais face à Nolan et lui demande de me laisser seule. Il acquiesce sans un mot et sort.

Ma manière de faire est un peu cavalière, mais je ne sais pas comment réagir à cet instant. L'idée de me pavaner seule à ce mariage ne me ravit absolument pas.

Mais ai-je une autre solution ?

Chapitre 16
Nolan

J'ai du mal à m'enlever les images de cette nuit. Le corps nu et vulnérable de Tess, sa manière de me supplier de ne pas l'abandonner et la sensation que ces mots ont provoquée en moi.

Quand je lui ai répondu que je ne l'abandonnerai jamais, j'étais sincère. Je le suis toujours et c'est ça qui me terrifie. Son état en ouvrant cette lettre est encore plus préoccupant maintenant que je sais à quel point je tiens à elle. En sortant de sa chambre, la seule solution pour connaître l'ampleur de la situation est Zoé. Je la dérange en pleine conversation téléphonique. Elle me fait signe de patienter et raccroche rapidement.

— Oui ?

Elle paraît agacée, mais je n'en fais pas fi.

— Qui sont les de Kuyper ?

Ma question semble la désarçonner. Elle pose le téléphone sur le socle avant de me fixer de ses prunelles inquisitrices.

— Elle t'en a parlé ?

— Oui, mentis-je. Je sais que Frederek se marie, aussi, rajouté-je pour paraître crédible.

Le bluff. Je m'étais juré de ne pas en venir là et de demander directement la vérité à Tess, mais je sens que je perds pied dans cette histoire. Je dois connaître la situation avant d'être trop impliqué émotionnellement, si ce n'est pas déjà le cas.

— Elle t'a parlé de Tomás aussi ?

C'est à ce moment-là que je me souviens de son nom de famille. Je n'avais pas fait le lien avant, n'ayant retenu qu'en priorité son prénom lors de sa présentation rapide et malvenue, pendant notre déjeuner. À la décomposition de mon expression, elle grimace, comprenant que je ne suis pas au courant de grand-chose, contrairement à mes dires.

— Elle a ouvert le faire-part devant toi, c'est ça ? m'interroge-t-elle en posant ses coudes sur le comptoir en bois de l'accueil.

J'acquiesce sans un mot, un peu perdu. Tess avait l'air bouleversé, mais ce n'est pas Tomás qui se marie.

— Pourquoi est-elle aussi affectée par ce mariage ?

Sans l'ombre d'un doute, mes interrogations n'existeraient pas si j'en connaissais un peu plus sur son passif. Lors de nos dernières conversations nocturnes, j'ai bien vu qu'elle ne se confie que de manière superficielle. Et je ne peux plus continuer comme ça. Son visage commence à se substituer à celui d'Ellie la nuit.

— Ce n'est pas à moi de te le dire, mais je suis persuadée qu'elle compte t'en parler rapidement, me dit-elle. Montre-lui que tu es là.

Des bruits de pas font taire l'aînée des Abspoel. Je me fige en voyant la silhouette frêle de Tess surgir dans l'encadrement de bois. Nous a-t-elle entendus ?

L'angoisse me monte quand je la vois m'adresser un faible sourire rassurant. Les mots de Zoé me reviennent. Lui montrer que je suis là.

Ma présence cette nuit, alors qu'elle faisait une crise d'angoisse, a-t-elle été suffisante ? Une partie de moi doute qu'elle se souvienne de quoi que ce soit. J'ai été tellement de fois dans cette situation. Piégé entre une sorte de réalité fantasmagorique et de souvenirs douloureux. Sensations et sentiments se mêlent au présent. Il ne sort que douleur de ces moments-là. Désorienté et perdu, on peine à retrouver la réalité. Je m'avance vers elle, autant pour prévenir une potentielle faiblesse de sa part que pour combler ce manque que je ressens déjà. Loin d'elle, je sens un tiraillement qui me fait peur. Comment peut-elle me toucher à ce point ? Est-ce parce que je me vois en elle ?

Le bois craque sur la dernière marche et elle tressaille. Je souris, me souvenant, moi aussi, de sa chute dans les escaliers. La première fois que je voyais son vrai visage. Celui d'une femme brisée… Mais par quoi ? Voilà des jours que je me pose cette question.

— Je… Je peux parler à Zoé un instant, souffle-t-elle.

Blessé qu'elle n'ait pas besoin de moi, mais conscient que la présence de sa sœur dans un tel moment est importante, je m'éclipse dans l'un des salons du rez-de-chaussée. Je tends l'oreille pour intercepter leur conversation, mais après quelques minutes, je dois me résigner à m'occuper comme je peux. Un magazine *people* traîne dans un coin.

Sans grande conviction, je le prends dans les mains et le feuillette. Après plusieurs pages sans intérêt, je m'apprête à en changer quand un visage familier m'interpelle.

Le riche héritier au bras de la monarchie. Va-t-il un jour s'arrêter ?

La silhouette élégante de Tomás se dessine à côté d'une magnifique rousse que je reconnais facilement comme l'une des petites nièces d'une cousine de la reine, très populaire dans ce genre de torchon. Le visage angélique de la jeune femme tranche avec celui, plus froid de celui qui lui tient la main.

Elle le dévore des yeux, tandis qu'il fixe intensément l'appareil du paparazzi. Aucun doute sur ses intentions. Il ne souhaite que faire la couverture des magazines. Le journaliste ayant écrit l'article semble en venir aux mêmes conclusions.

Briseur de cœurs, investisseur chanceux et clubbeur invétéré, le fils de la famille de Kuyper arrivera-t-il à s'assagir après le mariage de son aîné ? (Dossier spécial sur le mariage de Frederek de Kuyper la semaine prochaine.)

Des bruits de pas me font relever les yeux de l'article. Tess m'observe, les yeux ronds. Je referme prestement le magazine, espérant qu'elle ne tombe pas sur un pareil torchon.

— Ça va mieux ? m'enquiers-je

Elle hésite avant de me rejoindre sur le petit canapé où je me trouve. La proximité de ses jambes près des miennes me rappelle la vue de son corps nu proche du mien. J'ai dû prendre sur moi pour en détourner le regard et ne pas lui faire des avances, la nuit passée, et aujourd'hui, la tentation est identique.

— Ça va. Je dois juste trouver une bonne excuse avant le 19 ou trouver le prince ch...

Elle s'arrête quand Zoé arrive un plateau de mes biscuits faits la veille, dans les mains. Elle le pose sur la petite table basse en me faisant un regard appuyé. Je ne suis pas certain de l'exactitude de l'interprétation que j'en fais.

Elle disparaît aussi rapidement, me laissant perplexe.

— Moi ?

Ma voix sort de mes lèvres avant que j'en comprenne le sens. Tess écarquille les yeux, à l'instant où je prends conscience de mes paroles.

Chapitre 17
Tess

Je dois le dévisager depuis une bonne minute quand il se penche pour prendre plusieurs de ses gâteaux. Il les fourre dans sa bouche sans oser me regarder. J'observe sa mastication sans savoir quoi penser de sa proposition. Ni même d'être sûre de comprendre ce que ce petit « moi » signifiait. Sans l'arrivée de Zoé, j'aurais pu rester statique un bon moment.

— Alors vous deux ? Vous avez des têtes d'enterrement ! s'exclame-t-elle en lançant un regard de reproches en direction de Nolan.

J'ignore leur échange pour me jeter sur les biscuits.

Un silence pesant s'installe quand le téléphone de la maison d'hôtes sonne. Zoé se lève prestement en s'excusant auprès de nous, surtout de Nolan. Leur attitude m'énerve et je brise le silence, un peu sèchement.

— Moi ?

Ma répétition sèche, lui fait froncer les sourcils, mais je continue, vexée d'avoir cru un instant qu'il pouvait s'intéresser à moi et non pas à ma sœur.

— Tu retires ta proposition ?

— Tu veux ?

Je suis désarçonnée par sa réponse. Je l'observe un instant. Ai-je envie d'aller au mariage à son bras ? Est-ce ce qu'il entendait par « Moi » ? Je me sens idiote. Incapable de savoir quoi répondre sans me ridiculiser ou paraître suppliante.

— C'est toi qui décides.

Notre dialogue de sourds m'exaspère au fond, mais je n'ai pas d'autre choix, ne sachant pas ce qu'il pense. Une lueur amusée passe devant ses yeux. Il s'installe plus confortablement. Nos genoux se touchent et il ne semble pas le remarquer. Une tension dans mon bas-ventre me déconcentre. Je sens ma température corporelle augmentée. J'ouvre la bouche pour mieux respirer quand il me répond, d'un air désinvolte :

— Tu sais… peu m'importe, souffle-t-il.

Je suis douchée par sa phrase. Je me décompose avant de retirer mes jambes pour me coller contre l'accoudoir, le plus loin possible de lui. Ma réaction lui fait froncer les sourcils. Il soupire et reprend :

— Sérieusement, Tess, tu es incapable de me le demander ? s'exaspère-t-il.

Telle une enfant, je fais non de la tête. Ne sachant plus très bien de quoi on parle. Il se penche à nouveau pour attraper une de ses confiseries et l'observe sous toutes les coutures avant de la croquer. Je contemple chacun de ses mouvements, nerveuse.

— Tu veux que je vienne avec toi ? me propose-t-il en dégustant un deuxième biscuit.

Je l'observe bouche bée. Il l'a dit. Répété en quelque sorte. Son « moi » était donc une proposition. Je n'aurais jamais eu le courage de lui demander, c'est évident. Mais je me rends compte que cette solution m'enlève un poids… Me retrouver en tête à tête avec Tomás n'était pas dans mon programme, surtout s'il venait avec une charmante jeune femme.

— Vraiment ? Je veux dire que tu ne connais personne et…

Je n'avance pas trop d'arguments contre, ne souhaitant pas réellement le faire changer d'avis. Il fait une moue hésitante, avant de se reprendre :

— Zoé vient, non ?

Je me refroidis à sa question. Est-ce donc pour ça qu'il vient ? Pour ma sœur ? Cette possibilité me donne envie, au final, de refuser sa proposition, mais l'idée de ne pas venir accompagnée n'est pas envisageable.

— Oui, sûrement. Zoé est très proche des de Kuyper depuis toujours, marmonné-je.

Satisfait de ma réponse, il termine son petit en-cas sans ajouter un seul mot. Je lui jette des coups d'œil, sans oser lui demander le but de sa venue.

Zoé revient rapidement nous apprenant que son ami, Simon, l'accompagnera au mariage. J'examine la réaction de Nolan. Il ne paraît pas très emballé par l'idée, malgré qu'il ne montre rien. Il s'excuse rapidement et repart dans sa chambre.

J'en profite pour prévenir ma sœur que je compte venir avec lui. À sa réaction enjouée, je comprends que si Nolan est intéressé, il a peu de chances.

Ne connaissant pas son ami Simon, j'embraye sur des questions relevant de la curiosité normale d'une femme envers le potentiel compagnon de sa sœur.

Ses yeux s'illuminent et elle part dans une description qui me ferait presque oublier que Nolan va m'accompagner dans quelques jours au mariage d'un de Kuyper et de ma meilleure amie Aurore.

Et je ne sais toujours pas si c'est une bonne ou une mauvaise chose.

Chapitre 18
Nolan

Je n'ai pas revu Tess depuis notre conversation sur le mariage. Et sincèrement depuis mon réveil, j'hésite à y aller. La messe est dans seulement quelques heures et je sais que je ne peux pas lui faire faux-bond maintenant, sauf que j'hésite, malgré tout. Son comportement, la dernière fois, me laisse croire qu'elle s'est sentie obligée d'accepter ma proposition. Quoi de mieux que de trouver au dernier moment un cavalier célibataire, de son âge, pour se pavaner devant son ex-fiancé ?

Plus je repense à la situation et plus je me dis que cette proposition n'aurait jamais dû exister.

Néanmoins, je n'ai pas l'intention de faire déshonneur aux Welt, en y allant tel un débraillé. L'application GPS ouverte sur mon téléphone, je guette l'endroit qu'il m'indique.

La rue est bondée et je peine à apercevoir l'enseigne du magasin de costumes. Quand je pousse les portes, une jeune femme d'une vingtaine d'années s'avance vers moi.

— Nolan, comment vas-tu ? s'exclame-t-elle.

Même après avoir refusé de dîner avec elle, Emily semble heureuse de me voir. Depuis plusieurs jours, je peaufine ma tenue pour le mariage. Normalement aujourd'hui, mon costume est fin prêt.

Elle m'avance vers une cabine d'essayage en me demandant de patienter un moment.

— À quel mariage vas-tu ? me demande-t-elle en revenant les bras chargés. Je ne te l'ai même pas demandé ! Vu tes efforts, je dirais un frère ou une sœur ? Peut-être ton père ou ta mère, ou bien les deux ?

Sa maladresse ne se lit pas sur mon visage. J'ai depuis longtemps appris à ne pas réagir à la mention de mes parents. Personne ne peut se douter que je n'ai plus de famille à mon âge.

— J'accompagne simplement une amie à un mariage guindé.

À ma réponse, elle m'observe avec deux yeux ronds. Sa bouche s'ouvre pour dire quelque chose, mais elle semble chercher ses mots. De prime abord, j'ai la prétention de croire qu'elle jalouse le fait que j'accompagne une femme, en faisant autant d'efforts sur ma tenue. Puis, je déchante vite en la voyant faire les cent pas.

— J'habille un invité au mariage des de Kuyper ! Sérieusement ? Tu… Je peux te faire une superbe remise, mais parle de moi aux personnes là-bas s'ils complimentent ton costume. Si ensuite, ne serait-ce qu'un seul venait à faire un tour ici après je… OH MON DIEU !

Elle ne peut s'empêcher de sautiller à droite et à gauche. Je dois attendre qu'elle se calme pour récupérer mon costume. Je l'enfile rapidement, essayant de ne pas être en retard sur mon planning malgré l'énervement et l'excitation de ma vendeuse.

— Si cela te tient à cœur, je parlerai de toi à chaque personne qui complimentera ce superbe costume, dis-je en sortant de la cabine un sourire aux lèvres.

La couleur pourpre du costume et sa coupe mettent en valeur ma silhouette. Je m'observe en pensant à la réaction de Tess. Je rougis à l'idée de vouloir lui plaire et Emily semble le remarquer.

— Hum… Une amie ? Tu es complètement raide dingue d'elle, oui. Je la connais ? Je veux dire… C'est une *people* ?

Je lève les yeux au ciel avant de lui répondre :

— Tess Abspoel et je ne crois pas qu'elle…

Le visage de mon interlocutrice se décompose avant qu'elle ne se mette à jurer.

— C'était trop beau. Un invité au mariage d'un de Kuyper qui porte ma griffe… Trop beau, oui.

Je l'observe sans comprendre. Elle se retourne vivement vers moi, le regard menaçant.

— Tu ne parles à personne de moi, est-ce clair ? Être le cavalier de Tess Abspoel ? Et tu en es fier ! Mais tu veux vraiment tuer ta réputation. C'est la femme la plus blacklistée d'Amsterdam que tu vas amener à ton bras.

Son exagération me fait lever les yeux au ciel une seconde fois. Je la vois s'éloigner au fond de la boutique, continuant de grommeler des choses incompréhensibles. Seul, je retourne me déshabiller pour quitter cet endroit.

— Nous sommes d'accord, je ne dis rien sur ton nom ? crié-je avant de sortir.

— Plutôt mourir, lance-t-elle en passant sa tête à travers la porte de sa réserve.

Je ris à sa manière d'imiter un évanouissement. Ayant déjà payé en avance les frais de mon costume, je sors directement. Après un coup d'œil à ma montre, je me rends compte que j'ai pris un peu de retard sur mon emploi du temps. J'accélère le pas pour arriver devant un coiffeur, à la bonne réputation selon Gustave. L'idée de me faire couper les cheveux m'est venue après avoir vu une énième interview de ce Tomás, dont les femmes semblent éperdument amoureuses. Même si mon grand-père m'a dit un jour que ressembler à son ennemi n'est pas une technique d'attaque mais d'auto-destruction, je tente tout de même de coller un peu plus à l'homme idéal de la femme que j'accompagne.

Les paroles de ma couturière me reviennent, tandis que je passe la porte du salon de coiffure. Plusieurs femmes attendent à ma droite, du papier aluminium sur la tête.

Je leur fais un signe de la tête et elles me répondent toutes d'un sourire chaleureux. Être un homme dans un monde féminin semble extrêmement facile depuis mon retour à Amsterdam.

Je m'approche du comptoir pour prévenir la coiffeuse de mon arrivée. J'ai pris rendez-vous et je m'en félicite, voyant trois hommes arriver derrière moi, l'air aussi hautain que les invités du mariage qui m'attend.

— Cornélia, s'exclame l'un d'eux. J'aimerais une coupe rapidement, je suis de mariage aujourd'hui.

J'étouffe un rire en faisant mine de tousser. Aucun des nouveaux arrivants ne fait attention à moi. Une grande blonde les regarde de la tête au pied avant de se tourner vers moi.

— Suivez-moi, je vais m'occuper de vous, m'apprend-elle.

Je la suis ignorant les réflexions peu sympathiques des trois jeunes hommes.

— Ils sont riches, mais pas forcément patients, me dit-elle dans un sourire. Mais j'ai pour principe d'honorer mes rendez-vous en premier. Question de professionnalisme.

Cette femme m'est tout de suite agréable. Elle me demande ce que je souhaite et je me perds dans mon reflet. Mes boucles brunes me représentent depuis tellement longtemps. Je ne me souviens pas un temps où je ne les voyais pas orner mon crâne. Ma barbe, par contre, est négligée et trop longue.

Gustave m'a prévenu qu'ici, il propose la coupe de cheveux et la taille de la barbe, je lui fais donc part de mon envie de désépaissir cette dernière. Et elle me propose une coupe de cheveux en conséquence. Son idée de ne rien changer à la longueur mais de structurer les boucles me convient parfaitement.

Lorsqu'elle part chercher son matériel, je glisse un mot à mon reflet :

— Tu vois, grand-père, je reste qui je suis sans ressembler à la concurrence. Un vrai Welt.

Je m'offre un clin d'œil avant le retour de ma coiffeuse.

Rapidement, elle attaque la coupe. Ses coups de ciseaux m'effraient un peu avant de voir à quel point elle connaît son métier. La manière dont elle s'occupe de ma barbe termine de me convaincre. Satisfait du résultat, je me regarde dans le miroir. Le reflet que je renvoie me convient.

— Vous avez des toilettes ? demandé-je.

Elle m'observe avec des yeux ronds, avant de me montrer les toilettes pour dames. Je me doute que très peu d'hommes demandent ça, ayant des toilettes publiques à chaque coin de rue ici. Mais mon idée n'est absolument pas de me soulager la vessie. Je la remercie et m'engouffre dans la cabine, sentant un parfum de lilas. Je pose le sac contenant mon costume sur le porte-manteau accroché sur la porte et commence à me déshabiller. Par chance, la pièce n'est pas trop exiguë. En sous-vêtement, je sors le costume de sa protection et l'enfile avec délicatesse. Une fois l'opération terminée, je glisse mes affaires de ville dans la housse et ressors.

La vendeuse m'observe un sourire en coin.

— Vous êtes ravissant, s'extasie-t-elle. Quelle classe !

Heureux de recevoir un compliment d'une femme travaillant dans le domaine de la beauté, je la remercie, paie et sors du salon.

Une alarme de téléphone sonne au moment où je traverse la rue. J'accélère le pas, ayant mis ce réveil, au cas où ma préparation prendrait trop de temps et que je n'aurais pas les yeux rivés sur l'heure.

Au moment d'arriver devant la maison d'hôtes, je me félicite de ne pas avoir eu besoin de courir. Ma coiffure est intacte et mon costume non froissé.

Prêt à découvrir Tess, j'ouvre la porte. La chaleur et les chants de Noël, perpétuellement présents dans le salon, me font oublier l'angoisse naissante dans ma poitrine. Zoé m'accueille avec un sourire chaleureux.

— Tu es vraiment... parfait, m'avoue-t-elle en rougissant.

Je lui retourne le compliment. Après une discussion en tête à tête sur son cavalier de ce soir, je sais qu'elle est très stressée de ne pas lui plaire. Elle a rencontré Simon lors d'une soirée de tourisme, où chaque loueur visitait les biens des autres sur Amsterdam, pour apprendre à se connaître et favoriser l'entraide dans le milieu. Une belle initiative, qui avait ravi la jeune femme. Autant pour les explications que pour sa rencontre avec le propriétaire du *Shepherd Star*[5], passionné de Noël et de rock, comme elle.

— Il arrive bientôt ? m'enquis-je en l'observant fixer la pendule.

---

5. Étoile du berger.

— Juste après votre départ normalement, m'apprend-elle, les doigts s'agitant nerveusement dans ses cheveux.

Je lui attrape la main pour arrêter son geste avant que son chignon travaillé ne ressemble plus à rien. C'est à ce moment précis que Tess arrive de l'étage. Je me retourne vers elle, la main dans celle de Zoé, elle-même bouche bée face à sa sœur.

Ébloui, je ne réagis pas. Mes yeux détaillent la femme qui est devant moi. Je sens la main de Zoé glisser de la mienne, tandis que Tess avance vers nous. Son regard est passé de nos mains l'une dans l'autre, à ma tenue. Elle a tenté de cacher son étonnement, mais je l'ai vu. Comme je suis habillé, je lui plais.

Cette constatation me donne une montée de confiance en moi, qui est plus que bienvenue avant un mariage de Kuyper.

Chapitre 19
Tess

La main de Nolan n'a pas quitté une seule seconde ma cuisse depuis le début du trajet en taxi. Je ne sais pas s'il s'en rend compte, mais le contact de sa peau sur la mienne m'enflamme. Je suis heureuse d'avoir fait venir une coiffeuse et maquilleuse à la maison. Même si Zoé a pu en profiter autant que moi, les yeux de Nolan ont été bien plus intenses en me regardant. Cette rivalité entre sœurs pourrait devenir malsaine et je me promets d'en parler à mon aînée au retour du mariage. Pour savoir comment elle se positionne vis-à-vis de Nolan.

Je tressaille en sentant les doigts de mon cavalier tapoter l'intérieur de ma cuisse. Il suit le rythme endiablé de la musique qui passe à la radio, l'air ailleurs. Notre promiscuité physique n'est qu'une illusion. Depuis notre départ, je le sens pensif, loin de notre réalité.

Je serre les cuisses pour faire glisser sa main sur le côté. Mon mouvement ne lui échappe pas et il observe sa main, posée sur le siège. Il la met sur sa cuisse, sans dire un mot. Déçue de sa réaction, je me renferme.

Bravo Tess, il faisait un rapprochement physique et tu viens de lui faire comprendre que tu ne voulais pas, pensé-je.

Un soupir sort de mes lèvres tandis qu'on passe l'église. Le chauffeur s'arrête non loin, en se retournant vers nous.

— Vous en avez pour combien de temps ? nous demande-t-il, étant payé pour nous attendre et nous amener aux restes des festivités.

— Le temps qu'il faudra à un pasteur pour chanter les louanges d'un homme de bonne famille, persiflé-je, déjà à bout de patience face à cette cérémonie interminable.

Sans broncher, Nolan sort en premier et m'ouvre ma porte. Le chauffeur prend ma réponse sans être trop avancé et je mets un pied sur le goudron. Mes hauts talons ne me mettent pas très à l'aise aujourd'hui. D'habitude, ils me permettent de me sentir puissante au travail, mais à cet instant, je me sens vulnérable. Incapable de m'enfuir rapidement si la situation m'y oblige. Une situation qui a pour nom Tomás de Kuyper.

À la simple pensée de sa présence, je frissonne. La main de Nolan vient se loger dans le creux de mes reins au même moment et mon frisson de peur se transforme en plaisir. Le contact de sa paume chaude est agréable et j'en profite jusqu'à ce qu'une femme nous barre la route et qu'il se sente obligé de me rattraper par le bras pour m'éviter une chute inévitable et pitoyable. Je le remercie d'un regard et suis la foule d'invités entassés devant les immenses portes de l'église. Le lieu, très connu des touristes, est un endroit que j'appréciais énormément il y a un temps. À quelques rues, non loin de là, un petit café perdu dans les quartiers résidentiels prépare un délicieux chocolat chaud qu'on peut déguster sur un immense banc en bois.

Plongée dans mon souvenir, j'en oublie la présence des dizaines d'hommes et de femmes autour de moi, jusqu'à ce qu'une voix me tire de mes pensées.

— Tess Abspoel, s'exclame une femme d'une cinquantaine d'années.

Je reconnais rapidement Ada de Kuyper, la tante de Frederek et Tomás. L'une des seules ayant pris de mes nouvelles, par le biais de mes parents, en vingt-quatre mois. Je lui présente du bout des lèvres Nolan, sans la quitter des yeux. Son mari, à quelques mètres de nous, m'épie. Pour lui, comme pour bon nombre de personnes aujourd'hui, je n'ai rien à faire ici.

— Enchanté Nolan, déclare-t-elle, avant de reporter son attention vers moi. Pourquoi venir ? m'interroge-t-elle, sans animosité.

Personne ne semble savoir que je suis l'amie d'Aurore. Je lui explique la situation et elle m'offre un petit rire entendu. Gênée d'avoir cru que je m'incrustais sans invitation.

Je m'éloigne d'elle et du reste des invités, la main dans celle de Nolan.

— Tu ne m'avais pas dit que ton amie organisait un mariage de dernière minute ? me souffle-t-il.

Je suis son regard et comprends où il veut en venir. D'immenses roses blanches ornent l'entrée de l'église. Les décorations et les invités se comptent par dizaines. Rien à voir avec un petit mariage organisé sur le pouce.

— Ce sont les de Kuyper, marmonné-je, persuadée que Marie-Hélène a fait jouer ses contacts pour réussir à marier son fils dans cette église malgré un timing très serré.

Une main m'attrape par l'épaule. Nolan se retourne avant moi et à la manière dont il contracte la mâchoire, je sais qui est le nouvel arrivé. Je fais volte-face, prête à voir le sourire radieux de Tomás. Ce dernier m'offre un clin d'œil en passant sa main dans la mienne. Nolan resserre sa prise sur l'autre et je me retrouve au milieu des deux.

Perplexe, j'attends d'entendre la voix de mon ancien fiancé me chuchoter quelque chose avant de me décider à rompre le contact avec Nolan. Ce dernier m'offre un regard lourd de sens que j'évite subtilement en me retournant vers Tomás, qui s'enfonce déjà dans la foule, ma main prisonnière de la sienne.

Je déambule sans comprendre son intention. Lorsqu'il s'arrête d'un seul coup, je bute dans son torse. Le rouge me monte aux joues. Il n'y fait pas attention et repart vers la droite pour sortir de la masse des invités. À bout de souffle, je m'arrête quand il lâche enfin ma main. Le visage pâle d'Aurore me fait oublier le contact étrangement familier de mon ex-fiancé.

Je m'avance vers elle, la longue robe argentée qu'elle m'a envoyée se reflétant dans les rayons du soleil. Heureuse que ma sœur ait pu me prêter un gilet en fourrure blanche pour ne pas attraper froid, j'admire la robe large de mon amie. Son ventre est dissimulé sous un tissu précieux et son maquillage discret accentue sa beauté naturelle. Seules les longues boucles qui tombent sur son dos montrent un effort de sa part.

— Tu es resplendissante, m'exclamé-je.

Elle me sourit faiblement avant de reprendre une expression fermée.

— J'angoisse… Je voulais un petit mariage, pas une assemblée, m'avoue-t-elle.

Je ris. Comment pouvait-elle naïvement croire que Marie-Hélène ne ferait pas un mariage grandeur nature pour son fils aîné.

— Bienvenue dans la famille de Kuyper, lancé-je sous le regard amusé de Tomás. Je peux savoir pourquoi je suis ici ?

Aurore se balance d'un pied sur l'autre avant de cracher le morceau.

— Voilà... L'organisatrice de mariage pense que ma demoiselle d'honneur principale et le garçon d'honneur de Frederek doivent rentrer dans l'église en même temps. Je sais que tu n'as pas réellement répondu à ma demande d'être ma demoiselle d'honneur, mais je compte sur toi.

Mon visage se décompose quand je comprends où elle veut en venir.

— Tu rigoles, j'espère ?

Mon ton est sec quand je vois mon ex-fiancé lever les yeux au ciel.

— Quoi ? Je devrais être d'accord pour me pavaner à ton bras, un sourire niais sur le visage pendant que les journalistes prennent la photo qui fera chou gras demain à la une ? C'est ça le plan ? Il en est HORS DE QUESTION...

— Tessie, ce n'est qu'une montée d'église, minimise-t-il avant qu'Aurore ait pu parler. Cinq minutes à sourire à mon bras, est-ce si insupportable que ça ? Des milliers de femmes aimeraient être à ta place, me rappelle-t-il.

Son ton condescendant me donne la nausée. Une montée d'église à son bras ne lui paraît pas le pire endroit au monde pour renouer le contact. J'aurai tout entendu.

— Aurore, je suis désolée, mais...

— Je n'ai pas envie que Stacy devienne ma demoiselle principale, souffle-t-elle.

Si nous avions été dans un film, j'aurais accepté un sourire compatissant sur le visage. Il m'aurait amenée, bras dessus, bras dessous, dans l'église et nous aurions échangé des souvenirs du bon vieux temps. J'aurais plongé mes yeux dans les siens durant la cérémonie et j'aurais peut-être pu lui pardonner nos erreurs pour lui donner une seconde chance.

C'est beau de rêver. Sauf qu'à cet instant, je tourne les talons en lâchant mon rôle de demoiselle d'honneur. Je suis incapable de monter les marches d'une église bien habillée avec Tomás à mes côtés. Pas après vingt-quatre mois à tenter de me relever.

J'oublie les supplications de mon amie, les soupirs de mon ex-fiancé ou les regards mauvais des invités non loin. Je fonce vers Nolan, lui attrape la main et nous éloigne de la foule.

Il me retient légèrement, cherchant à comprendre ce qui vient de se passer. À demi-mot, je lui explique.

— On reste au fond, on va à la soirée, car elle m'en voudra toute sa vie si je n'y suis pas et, après, on part, déclaré-je en tentant de calmer les battements de mon cœur.

Il ne dit rien. Pas même quand on rentre dans l'église pour s'installer à la dernière place. Sa main reste dans la mienne. Parfois, il la serre un peu plus pour me prouver qu'il est là.

Je suis soulagée de voir la cérémonie se terminer, quoique magnifique, au bout d'un peu plus d'une heure. Les heureux mariés sortent sous des tonnerres d'applaudissements. Aurore a le visage ruisselant de larmes de bonheur. Je ne me sens pas vraiment à ma place et Nolan semble partager mon point de vue.

Nous récupérons notre chauffeur pour rejoindre la propriété familiale. Il nous semble évident, à lui comme à moi, de ne pas nous inviter à la petite cérémonie intimiste qui a lieu dans la chapelle de la famille, avant le début des festivités.

— Prenez des détours, nous avons le temps, expliqué-je au chauffeur.

Il me répond par un coup d'œil entendu et allume sa radio, laissant des chants de Noël envahir l'habitacle.

Chapitre 20
Nolan

La voiture s'arrête sous les conseils de Tess, près d'une petite maison en pierre, apparemment en ruine. Elle descend prestement pour s'approcher des lierres qui dévorent la façade, que je présume anciennement blanche. J'écarquille les yeux en la voyant tirer d'un coup sec sur l'une des tiges, amenant la végétation et une poussière de pierre sur elle.

D'un coup de bras, elle m'invite à la rejoindre. J'enjambe la clôture, mal à l'aise de rentrer sur une propriété privée.

— Arrête d'angoisser, elle est à moi, m'informe-t-elle en tirant sur une deuxième branche de lierre.

Cette dernière semble moins encline à céder sous son poids. Je la rejoins pour l'aider et, à nous deux, nous la décrochons sans peine.

— Tu as cette maison ?

Ma voix est plus suspicieuse que je l'aurai voulu. L'étonnement de la voir propriétaire d'un tel lieu après sa description de son appartement froid et moderne de Rotterdam me laisse perplexe.

— J'avais envie d'autre chose à un moment de ma vie. Fonder une famille à la campagne, faire un jardin… Devenir une petite mamie avant l'âge, s'amuse-t-elle en faisant le tour de la ruine.

Même si les murs ont l'air en bon état, le travail pour la remettre sur pied est colossal. Je la suis en évitant de déchirer mon costume dans les ronces adjacentes au lierre.

— Rentre pour ne pas abîmer tes vêtements, dit-elle en enjambant un reste de muret en pierre.

Je l'imite et me trouve soulagé de voir que le sol est bétonné et plutôt propre.

— Tu as déjà fait des travaux ?

Elle hoche la tête en s'avançant vers une des pièces à notre gauche.

— Les plans sont encore là, m'apprend-elle en se penchant vers un tube en plastique opaque.

Tess glisse les deux morceaux pour ouvrir le compartiment d'où dépasse un tube de papier. Elle le prend et le déroule.

— Voici mon havre de paix, déclare-t-elle en me laissant observer les dessins.

Des traits et des mesures apparaissent. Voyant que j'ai du mal à me projeter, elle prend la casquette de l'architecte pour me faire rêver avec elle.

— Autour de nous, tu as le salon. Pierres apparentes, sur un côté, cheminée et grand canapé. De l'autre, tu as un mur blanc pour accueillir un vidéo projecteur, pour dévorer des films de Noël lorsqu'il neigera dehors. Et pour profiter de ça, ici, désigne-t-elle en pivotant sur sa gauche, une énorme baie vitrée qui donne sur les champs de fleurs. Pas un seul vis-à-vis. Le paradis.

Mon sourire s'étire en la voyant se projeter ainsi.

— L'autre pièce est plus fonctionnelle, explique-t-elle en y allant. Une cuisine ouverte avec une salle à manger et une immense bibliothèque, bien entendu, pour donner du charme. Dans la continuité, j'aimerais avoir une chambre ici et une salle de bain attenante, histoire de prévenir le moment où je serai trop vieille pour monter. Parce que oui, il y aura un étage. Sur toute la surface. Deux chambres et une salle de détente/bureau.

Elle continue de m'expliquer ses plans quand une question me trotte dans la tête.

— Tu te projetais seule ici ?

Le sens de ma question ne lui échappe pas et elle m'adresse un sourire triomphant, apparemment heureuse que je m'aventure sur ce terrain.

— Aussi étrange que cela puisse paraître. Tu es le seul… si on ne compte pas Gustave, à savoir pour cette maison. C'est une sorte de soupape de sécurité. Si un jour rien ne tournait comme prévu, se confie-t-elle.

— Mais tu n'as rien fait, noté-je.

Elle hausse les épaules avant de frissonner.

— Non. Jusqu'à aujourd'hui, je n'avais pas eu envie d'y revenir. Mais je vais devoir en prendre soin. La nature est en train de me la voler, remarque-t-elle.

Je suis son regard et observe les ronces se frayer un chemin à travers une ancienne fenêtre, arrachée par le temps. La loi de la vie, même après nous, continue d'évoluer. C'est une chose qu'on apprend après la perte d'un proche. Quoi qu'il arrive, la vie redémarre.

— Tu devrais continuer à la rénover. Cette maison te rend lumineuse !

Ma réflexion semble beaucoup la toucher et, du bout des lèvres, elle me remercie.

— Bon, j'avais envie de te la montrer, mais ne traînons pas trop. La cérémonie dans la chapelle n'est qu'une histoire de tradition ridicule pour les photos. Ils risquent de ne pas y passer beaucoup de temps.

Elle me dit ça, en enjambant prestement l'une des fenêtres en pierre pour se retrouver dehors. Je la vois tenir sa longue robe argentée au-dessus du genou. Je l'imite avec moins de grâce.

Retrouver la chaleur de l'habitacle du taxi est appréciable et nous nous dirigeons vers les festivités, l'esprit encore dans les plans de sa nouvelle maison. Il faut avouer que la campagne autour d'Amsterdam est magnifique et je me délecte du paysage, tandis que je la vois tapoter nerveusement l'accoudoir intégré dans la porte.

À notre arrivée, personne n'est là pour nous accueillir. Sans attendre un comité d'accueil, nous partons à la recherche de notre table, installée sur la cour du château. Heureusement pour eux, le beau temps est de la partie et les réchauds électriques créent une atmosphère agréable et chaleureuse, même en extérieur.

Le nom de Tess est accolé à une étiquette « cavalier Tess ». Je souris face à cette appellation. De son côté, elle s'installe sans un mot. Quand les invités arrivent par vague, je tente d'apercevoir Zoé et Simon, mais la densité des invités est trop importante.

Je laisse tomber pour reporter mon attention sur ma sublime cavalière, songeuse.

Chapitre 21
Tess

Avant d'entamer le repas, nous avons droit aux traditionnels discours des témoins. Stacy commence et se rétame, n'ayant rien prévu. Son pauvre et court laïus lui vaut de timides applaudissements. Puis, s'ensuit le frère du marié. Il s'avance beau comme un dieu dans son costume trois-pièces. L'un des DJ de la soirée, lui offre un micro à sa demande :

— Je prends le micro, promis, je ne chanterai pas.

Des salves de rires accompagnent son trait d'humour.

— Voilà. Vous me connaissez tous plus ou moins bien, commence-t-il. Je remercie mes amis journalistes pour les informations parfois douteuses me concernant.

Il sait ménager son effet. S'arrêtant et posant son regard sur la foule. Des dizaines de femmes sont suspendues à ses lèvres.

— Aujourd'hui pourtant, il n'y a rien de faux dans ce que je m'apprête à dire. Mon frère, Fred, est ce que j'ai toujours voulu devenir. Une tête bien pleine, un avenir tracé, une stabilité émotionnelle que… enfin, vous savez, sourit-il en adressant un clin d'œil à la table des femmes célibataires. Mais ce qu'il a surtout, c'est une femme radieuse et aimante à ses côtés.

Le premier coup m'atteint sans trop de dégâts. J'attends, les dents serrées.

— J'ai toujours rêvé de me réveiller un matin, puis tous les autres jours de ma vie avec une telle personne. Me plonger dans les yeux de la femme que j'aime pour lui offrir le monde sur un plateau. Fred et Aurore ont une chose rare. Quelque chose que nous souhaitons tous avoir. L'amour.

La main de Nolan se pose sur la mienne à plat sur la table. Son contact chaud ne fait qu'augmenter ma sensation d'étouffer.

— Mais qu'est-ce que l'amour sans un respect inconditionnel. Une dévotion et un partage sans limites.

Sa bouche déverse son discours préparé en amont par Marie-Hélène, tandis que ses yeux croisent les miens. L'envie de vomir sur lui et ses mensonges m'oblige à me lever. Vu où nous sommes placés, personne ne me voit. Sauf la famille de Kuyper.

Ils me regardent tous, sans exception, avec la peur au ventre. Vais-je redevenir la folle hystérique d'il y a deux ans. Ce n'est pas l'envie qui m'en manque, mais la force.

Je titube sur le côté avant d'entendre le dernier affront de sa part :

— J'ai un jour aimé quelqu'un… Mais elle m'a trahi. Ne souhaitant qu'une chose, mon argent et pas mon cœur.

Plusieurs murmures s'élèvent des invités. Certaines personnes se retournent vers moi et m'observent, dubitatives.

Sans réfléchir, telle une coupable, je m'enfuis. Mes talons s'enfoncent dans l'herbe fraîche du parc du château. Je cours, sans me retourner. Je connais parfaitement ce terrain, j'y ai passé tellement d'étés avec Tomás. Aurais-je imaginé une seule seconde souffrir autant par sa faute ?

Les larmes qui coulent sur mes joues ruinent mon maquillage. Des feuilles se prennent dans mon chignon travaillé, laissant des mèches bouclées redescendre dans mon dos découvert. Je grimace en prenant conscience que j'ai oublié la veste de ma sœur sur ma chaise. Incapable de faire demi-tour, je continue ma course effrénée jusqu'à la lisière d'un petit bois.

Les yeux remplis de larmes, je m'arrête à la hauteur d'un vieux chêne. Ma robe argentée se prend dans une ronce et se déchire. J'observe le lambeau de tissu flottant sur l'épine. Elle flotte dans l'air frais de décembre. Je frissonne quand un bruit de pas me fait détourner le regard. Tomás s'approche de moi, hésitant. Les envies de hurler sur lui et de le frapper se mélangent dans mon esprit, mais à la place, je me recroqueville encore un peu plus contre l'écorce du chêne. Ma tenue est pitoyable et je sanglote de plus belle, face à cette constatation déplorable.

— Tessie, souffle-t-il. Je suis tellement désolé.

Son ton me choque par sa sincérité. Je lève vers lui un regard perdu et plaintif.

— Elle ne m'a pas laissé le choix. Elle ne voulait plus te voir autour d'Aurore... J'ai cru que son texte ne serait pas...

Il n'a pas besoin de dire qu'« Elle » désigne sa mère. Je l'ai vu m'observer durant notre installation à notre table. Elle me hait.

— Que quoi, Tom' ?

Utiliser pour la première fois depuis aussi longtemps, son surnom me fait frissonner étrangement. Je me reprends pour vider ce que j'ai sur le cœur.

— Tu pensais qu'elle serait gentille avec la pauvre fille que je suis ? Celle assez naïve et amoureuse pour ne pas s'être défendue, il y a deux ans. Je ne suis plus cette femme-là. J'en ai marre d'avoir honte pour quelque chose que TU as commis.

Il accuse le coup sans rien dire. Une part de moi sait qu'il n'a pas eu le choix à l'époque et qu'il ne l'a toujours pas aujourd'hui. Mais je sais aussi que Frederek s'est battu pour garder Aurore, contre l'avis de ses parents. Il aurait pu faire pareil pour moi. À la place, il a suivi les ordres. Me brisant le cœur et m'arnaquant en même temps.

— C'est fini. Si quelqu'un me demande ce qui s'est réellement passé, je lui dirai. Absolument tout. Chaque détail et qu'importe que ta famille soit bafouée au passage. Je n'en peux plus de vivre dans l'ombre de vos magouilles depuis des mois. Avant, je t'aimais. C'était la raison pour laquelle je me taisais. Ce n'est plus le cas.

Je déclare ça en me redressant d'un seul coup. Un autre morceau de ma robe se déchire. Le tissu résiste un instant avant de suivre mon mouvement. Je m'écarte de Tomás et remonte le terrain pour trouver une voiture. Intérieurement, j'espère que Nolan me cherche déjà, loin de la cérémonie, avec mes affaires. J'entends des pas me suivre, mais je les ignore.

— Tess, je t'aime encore.

La voix de Tomás résonne comme un souvenir dans mes oreilles. Je me souviens de nous, heureux sous la douche, dans les bois ici, dans la piscine familiale à tenter de me couler sous n'importe quel prétexte, je me revois énervée lors de notre première rencontre à l'université.

Les souvenirs et sentiments défilent, s'effaçant au fur et à mesure. Quand je me retourne vers lui, c'est plus légère que je lui réponds :

— C'est terminé. Définitivement. Je ne t'aime plus. Tu es arrivé trop tard.

Je détache chacune de mes phrases pour être sûre qu'il en comprenne le sens. Ses yeux s'écarquillent et j'entends la voix de Nolan m'appeler. Un sourire se dessine sur mes lèvres quand je me détourne de mon passé pour rejoindre mon présent.

Mes talons s'enfoncent une dernière fois dans le sol avant que je ne les ôte pour avancer plus vite. Le visage à la fois préoccupé et soulagé de Nolan sort de derrière un buisson. Ses yeux passent de moi à l'ombre de Tomás, toujours immobile au fond du terrain.

— Il t'a fait du mal, s'inquiète-t-il en voyant mon maquillage étalé sur mes joues.

Je lui souris avant de le prendre par la main. Il en conclut que je vais bien et me met sa veste sur les épaules.

— Ta veste n'est pas assez chaude, me répond-il en voyant mon regard interrogateur sur la petite fourrure blanche qu'il tient dans sa main gauche.

Je me laisse conduire à notre chauffeur, très occupé dans une partie de jeux sur sa tablette.

— Nous rentrons plus tôt, l'informe Nolan en m'ouvrant la portière arrière.

Je me glisse dans la voiture, sans me retourner. Il rentre à son tour et j'attends à peine qu'il soit installé pour poser ma tête contre son épaule.

— J'ai besoin d'explications, me glisse-t-il.

Il a raison. L'heure est à la clarification de qui je suis. Et pour la première fois, je me sens libre de le faire. Je reste silencieuse tout le trajet nous ramenant dans Amsterdam. Après quelques minutes à l'intérieur de la ville, j'informe le chauffeur que notre course s'arrête là. Nolan observe les rues qui nous entourent en fronçant les sourcils.

— Tu as peut-être trop bu, mais nous ne sommes pas arrivés, me glisse-t-il.

Je ris à sa supposition maladroite et paie le chauffeur qui nous souhaite une bonne nuit. Entraînant par la main Nolan, je sors du taxi.

J'accélère le pas pour arriver sur l'un de mes ponts préférés. L'eau noire glissant en dessous a quelques reflets lumineux provoqués par les lampadaires des rues adjacentes.

— Je vais te raconter ce que tu veux savoir. Absolument tout.

Les yeux de Nolan s'illuminent et je m'en veux d'avoir attendu autant de temps pour lui parler de ça.

— Voilà. Il y a deux ans, à l'époque de Noël, j'aurais dû épouser Tomás de Kuyper. Devenir l'une des femmes les plus chanceuses d'Amsterdam.

Je m'appuie contre la rambarde en fer forgé pour observer l'écoulement lent de l'eau.

— J'ai bien dit « j'aurais », car je ne le suis jamais devenue. Ce n'est pas le plus important, en fin de compte. La partie intéressante de l'histoire, c'est que tout le monde est persuadé de savoir pourquoi je ne me suis pas mariée.

Je me relève et commence à marcher pour descendre du pont.

— J'étais sur ce genre de pont quand j'ai appris la nouvelle. Mon patron m'a appelée en catastrophe. La grosse entreprise que nous prévoyions à l'époque de racheter venait d'avoir une contre-offre.

Je ris.

— Pour que tu comprennes, dans mon milieu, négocier un contrat coûte beaucoup d'argent, de temps et de concessions. Nous devons trouver des failles, les exploiter pour en faire sortir des solutions. C'était mon premier gros contrat. J'étais si fière.

Nolan est silencieux, il boit mes mots avec respect. Je l'invite à me suivre dans la rue. Il ne dit rien, mais obtempère, ne sachant pas très bien pourquoi j'avance.

— Je sortais avec Tomás depuis des mois quand on m'a proposé ce contrat. Nous nous étions rencontrés à l'université. Je venais juste de rentrer dans la cour des grands. J'étais si heureuse… si naïve.

Je m'appuie contre un lampadaire, me souvenant avec précision du soir où Bill m'avait appelé en catastrophe. Je flânais dans les rues pour m'imprégner de la magie de Noël. Appuyée de la même manière à un éclairage public, j'avais compris.

— Tomás avait proposé de m'aider, ayant des cours de finances depuis sa tendre enfance en vue de récupérer l'entreprise familiale avec son frère. J'avais confiance et j'ai monté le dossier dans notre appartement. Je ne cachais rien, ne fermais aucun email lorsqu'il entrait. J'avais foi en lui.

Je me racle la gorge, les larmes aux yeux. La déception de Bill avait été terrible à supporter autant que le visage fermé de Nolan.

— Quand j'ai appris qu'une entreprise proposait un peu plus d'argent pour un plan de rachat et de refondation identique, je suis retournée chez moi, perdue. L'idée qu'une taupe circulait dans les couloirs de mon entreprise était impensable. Et je l'ai vu en train de boire une coupe de champagne dans notre cuisine commune. Sa mère était devant lui, un sourire rayonnant.

La haine brouille ma voix et je dois attendre un instant avant de continuer, laissant entre nous le silence de la nuit.

— Ils n'ont même pas daigné me le dire en face. Prétextant que c'était pour fêter notre mariage qui avait lieu dans quelques jours. Mais cette nuit-là, dans ses bras, j'ai senti quelque chose de différent. Je crois que la culpabilité a une odeur qui colle à la peau de celui qui le ressent. Tomás n'était plus le même. Le lendemain, notre répétition de repas de mariage avait lieu. J'ai tenté de faire bonne figure à la préparation et j'ai souri, même si mon avenir professionnel dégringolait sans avoir pu commencer. J'étais si amoureuse et heureuse de devenir sa femme que j'ai dû entendre deux fois les félicitations des amis et de la famille pour réaliser, crié-je presque dans la rue vide.

Je pose une main contre une façade de maison pour ne pas m'écrouler. La situation me paraît tellement grotesque en le racontant haut et fort.

— Oui, j'ai dû entendre deux fois des félicitations sur le rachat par l'entreprise familiale de Kuyper, de la *holding* visée par ma boîte. Celle qui venait de m'être volée.

Nolan se frotte le visage en comprenant la situation que j'avais vécue. Je lui souris, cherchant la force de finir mon histoire :

— Ma réaction n'a pas été… la bonne, expliqué-je. Et elle me colle encore aujourd'hui. Furieuse, j'ai annulé le mariage en explosant le décor minutieusement préparé par l'organisatrice de mariage. J'ai mis à feu et à sang la cérémonie. Jetant des pâtisseries sur les invités. Pas une seule fois, ils ont fait semblant de comprendre ma réaction. Ils m'ont mis sur le dos l'annulation, donnant aux journalistes des explications psychiatriques me concernant. J'ai sombré, pris un congé et arrêté de vivre.

Nolan s'approche pour me prendre les mains. Je plonge mon regard dans le sien. Il paraît peiné par mes révélations. Je me mords la lèvre inférieure.

— Ne me regarde pas. Je vais bien maintenant. Grâce à Bill. Le fait que personne ne savait comment les informations étaient venues à l'entreprise concurrente, personne n'a été viré. J'aurais dû être suspectée, mais le père de Tomás a fait un communiqué expliquant qu'il était un très bon ami du vendeur, ce qui expliquait cet achat rapide. J'ai cru pendant un moment que c'était Tomás qui avait obligé son paternel à faire ça, pour éviter que je perde mon emploi. Maintenant, j'en doute, après ce soir.

Nolan ouvre la bouche avant de la refermer, voyant que je n'ai pas terminé.

— Depuis deux ans, ma réputation n'est plus à faire. Je suis devenue un requin sans faille. Et Marie-Hélène a dû avoir peur que je parle. Que j'avoue à quel point cette famille ne base sa réussite que sur des tricheries. Même s'ils ne sont pas attaquables, leur réputation lui tient beaucoup à cœur.

Vidée, je chancelle vers un banc en pierre. Nolan reste un instant debout avant de me rejoindre. Le silence qui s'installe est si pesant que je préfère le briser :

— Tu ne veux pas manger un morceau ? *Fast-food* ?

Partir en coup de vent d'un mariage en ayant pris que deux amuse-bouches et deux coupes de champagne, cela ne remplit pas l'estomac.

— Avec plaisir, dit-il enfin.

Soulagée de l'entendre m'adresser la parole, je lui prends la main pour le diriger rapidement vers le restaurant le plus proche.

L'enseigne jaune m'attire rapidement l'œil et mon ventre se fait entendre, heureux de savoir que je compte le nourrir.

— J'ai tenté d'être végétarien, m'annonce Nolan, lorsque notre commande est faite.

Je l'observe les yeux ronds. Seule ma sœur connaît véritablement la raison de mon annulation de mariage et j'appréhende sa réaction. Après tout, beaucoup de personnes ne se rangent pas du côté de la victime, qu'ils jugent trop naïve et responsable. Une façon de penser bien fermée et sectaire, mais malheureusement courante.

Je l'interroge sur cette lubie de végétarisme jusqu'à ce que notre nourriture arrive. Nous décidons de nous caler contre le canal pour déguster nos frites chaudes et hamburgers. Nolan ne parle que de sujets légers et j'en oublie presque mes révélations. La soirée défile et ce n'est que lorsque je le vois frissonner que je me rends compte que j'ai sa veste.

— Nous devrions peut-être rentrer, m'exclamé-je. Tu meurs de froid.

Déjà débarrassé des déchets de notre repas, il se retourne vers moi et sourit.

Sa main passe sur ma joue froide et j'arrête de respirer.

Un air de Noël s'échappe d'un appartement pour nous envelopper de sa magie. Je lui souris et plante mon regard dans le sien en chantonnant sur la musique. Sans explication, je le sens se raidir et s'éloigner de moi. Il se remet sur ses pieds et me tend une main pour me relever.

Je l'accepte, un peu déboussolée. En me relevant, mon visage frôle son torse. Je sens son cœur battre la chamade, de la même manière que le mien. Nos lèvres s'entrouvrent en même temps avant qu'il ne se recule. Ses yeux me fuient et il fait volte-face.

Je le regarde s'éloigner de moi. Je le rattrape, la magie de l'instant envolée. J'étais pourtant persuadée d'avoir vu de la passion dans son regard.

Déçue de la tournure de cette soirée, je le suis, silencieuse. Au moment de rentrer à la maison d'hôtes, il me souhaite un rapide « bonne nuit » et s'éclipse. Je reste un moment interdite, sur le seuil de la porte, tandis qu'il est déjà monté se coucher.

Un peu pompette, je décide de boire plusieurs verres d'eau avant de me coucher. L'effet désaltérant du liquide me permet de reprendre mes esprits. La réaction de Nolan a été claire. Il ne veut rien de plus avec moi. Malgré le fait d'être blessée dans mon amour propre, je sais au moins à quoi m'en tenir. C'est ce que je me répète en me glissant dans mon lit froid.

Pourtant, au moment de fermer les yeux, je sais pertinemment qui viendra se faufiler dans mes rêves.

Chapitre 22
Nolan

Il y a des moments où on comprend que ce n'est pas l'instant qu'il faut. Qu'un autre lieu, un autre jour et une autre approche rendront l'occasion unique. Un élément de plus ou de moins qui améliorera ce qui pouvait n'être qu'un fragment de bonheur.

C'est pour cette raison que je me suis éloigné de Tess hier soir. Malgré l'envie de l'embrasser fougueusement, je me suis interdit de gâcher ça. La musique de Noël m'a ramené à une période de joie étrangement parallèle, avec Ellie devant moi, un sourire suspendu aux lèvres attendant que je lui offre un baiser.

Sans faire de comparaison, j'ai tout de même senti que ce n'était pas le moment. Qu'il y aurait une autre fois. Sauf que ce matin, je me suis réveillé agité. Incapable de me rendormir ayant pourtant seulement de faibles lueurs de jour dans la chambre. Après plusieurs minutes à tourner en rond, je suis descendu de la chambre. Zoé, toujours active, s'est retournée vers moi, les sourcils froncés. Mon attitude stressée réussissant à faire disparaître le sourire béat qui s'affichait sur son visage. Avant qu'elle m'interroge, je me suis enquis de la suite du mariage. Elle a comme toujours évité de parler du sujet fâcheux, pour me raconter en détail sa soirée dans les bras de Simon. Un vrai gentleman visiblement.

Même si elle est censée être fiancée à un riche homme d'affaires, j'ai compris rapidement que cette information ne servait qu'à rassurer sa mère sur son potentiel avenir financier.

— Bon, raconte-moi votre retour ici, m'a-t-elle dit, les détails de sa soirée à peine partagés.

Ma manière de décrire la révélation à cœur ouvert de sa sœur et notre balade dans les rues de la ville m'amènent où je suis actuellement. Un bateau péniche, où un panier-repas attend d'être dégusté au bord de l'eau.

L'air est frais et je suis content d'avoir loué un bateau possédant des brise-vent de chaque côté. J'avance le bateau là où nous avons prévu de nous rejoindre avec Zoé. L'horloge du tableau de bord indique que je suis pile à l'heure. Je trépigne d'impatience quand je vois la silhouette de Tess sortir d'un petit groupe de jeunes touristes. Elle observe les alentours ayant l'impression de chercher quelqu'un. Je la laisse faire le tour du quai avant qu'elle pose les yeux sur moi.

Elle m'accorde un haussement de sourcils, étonnée. Sans réfléchir, elle s'avance vers moi et je me félicite que la première partie de notre plan se passe aussi aisément.

— Tess, m'exclamé-je, feignant la surprise.

— Nolan ? Que fais-tu ici ?

Je meurs d'envie de lui répondre que je n'attends qu'elle, mais avec ma réaction d'hier soir je n'ai aucune idée de son état d'esprit envers moi.

— J'ai loué un bateau. Une envie soudaine d'explorer mes origines amstellodamoises. Et toi ?

Elle détaille l'embarcation avant de revenir sur moi.

— Je vois ça. Je devais retrouver Zoé qui…

Son téléphone sonne. Elle lève le doigt pour me prévenir de l'attendre un instant et s'éloigne, l'écran tactile collé à sa joue. De loin, dans l'ombre de la rue, je vois Zoé qui me fait de grands signes avant de disparaître. Son rôle dans notre plan vient de se terminer. Il ne me reste plus qu'à être convaincant.

Tess revient vers moi, l'air contrarié. Ne m'attendant pas à ce genre de réaction, je reste sans voix.

— Zoé vient de me poser un lapin, grimace-t-elle. Je n'ai plus qu'à rentrer et me glisser sous une couette bien chaude.

Elle s'apprête à partir quand je me décide à la retenir, un peu maladroitement :

— Tu veux monter ? Je l'ai loué pour l'après-midi. Et même si le soleil se couche tôt en ce moment, l'après-midi n'est pas terminé, déclaré-je en fixant le coucher de soleil.

Elle me regarde avec des yeux ronds. À cet instant, et seulement à celui-là, elle ressemble à sa sœur.

— Tu es sûr de vouloir ma compagnie ? me demande-t-elle, toujours tournée de trois quarts, prête à partir.

J'hésite à lui répondre qu'il n'y a que sa présence que je souhaite. Mais cette répartie, tirée d'un film fleur bleue, me paraît déplacée. À la place, je garde ma main tendue vers elle, qu'elle accepte enfin.

Le contact de sa peau froide sur la mienne m'électrise. Heureux d'avoir gagné la première étape de mon plan, je démarre le bateau pour nous trouver un peu d'intimité. Elle garde le silence un moment, observant ce qui nous entoure. Ce n'est qu'après plusieurs ponts que je ralentis l'allure pour m'asseoir à côté d'elle. Tess m'adresse un sourire timide, tandis que je lui tends une couverture pour ses jambes. Elle l'accepte bien volontiers, se lovant entièrement dedans. Seule sa petite tête ressort de l'épais tissu.

— Je suis plutôt frileuse, m'apprend-elle.

Je me mords les lèvres, pensant que cette balade romantique à cette période et heure n'est peut-être pas la meilleure idée.

— Merci, me glisse-t-elle en posant sa tête sur mon torse.

Un peu perdu face à son changement d'attitude et à ce rapprochement physique, je lui demande en quoi j'ai le droit d'avoir des remerciements.

— Pour avoir préparé ça. Zoé a dû t'aider, mais c'est touchant tout de même.

Je rougis, face à la vitesse à laquelle elle a découvert notre supercherie.

— Zoé et moi regardions un téléfilm de Noël chaque année. L'homme préparait un pique-nique sur une péniche pour celle qu'il convoitait. Une ravissante princesse d'un royaume perdu, mais trop timide, elle ne souhaitait pas le voir. Sa servante avait dû organiser un faux rendez-vous avec une couturière du village pour l'inciter à venir sur les quais.

Je ris. J'aurais dû me douter que l'idée de Zoé n'était pas spontanée.

— Je ne suis pas une princesse, mais c'est plutôt ressemblant dans l'idée, ajoute-t-elle avec un sourire amusé.

Elle soulève la couverture pour que je m'y glisse avec elle, voyant que mes bras frissonnent. Je prends le temps d'amener le bateau près du quai avant de couper le moteur et d'accepter son invitation. Son corps chaud près du mien me perturbe. Je me concentre sur les étoiles qui apparaissent petit à petit dans le ciel.

— Pourquoi une confiserie ? m'interroge-t-elle au bout de plusieurs minutes de silence partagé.

Je réfléchis à la véritable raison de mon retour ici. De ce projet fou et ambitieux. Souhaitant ouvrir mon cœur comme elle a pu le faire hier.

— C'est le rêve de ma famille. Une tradition familiale que mon paternel voulait recréer et perpétuer. Il est mort avant de pouvoir le faire, murmuré-je.

Sans la regarder, je sais que son visage change de couleur à la mention de la mort de mon père. C'est une réaction assez banale dont j'ai l'habitude.

— Je suis désolée, je ne savais pas. Toutes mes condoléances, chuchote-t-elle en passant son bras sous le mien pour prendre ma main.

Je détourne le visage pour l'observer. Seulement éclairée par les rayons de la lune, elle me paraît renversante. Son rapprochement me touche et je lui serre la main pour la rassurer.

— Je vais bien.

En disant ces mots, je me rends compte à quel point cela est vrai. À ses côtés, je me sens réellement bien.

— Tu veux monter ?

Elle fronce les sourcils face à ma question.

— Ne suis-je pas déjà montée sur ce bateau ? s'enquiert-elle.

Je désigne la rue en face de nous, perpendiculaire à l'eau.

— Chez moi, je voulais dire.

Elle se redresse d'un seul coup, ayant capté sa curiosité. Je souris et me relève pour l'aider à sortir du bateau en prenant le panier de gourmandises avec moi.

— Tu ne devais pas rendre ce bateau avant la fin de l'après-midi, me rappelle-t-elle.

— Nous avons une organisation, digne d'un vieux film de Noël, ne t'inquiète pas pour ça.

Ma réponse semble autant l'intriguer que l'amuser. Sachant que Zoé couvre mes arrières concernant ce genre de détails, je l'accompagne jusqu'à chez moi, le cœur léger. Tess est radieuse et détendue. J'ouvre la porte de ma maison, laissant une belle odeur nous envahir.

Aérer, parfumer et chauffer la maison toute la journée a le mérite de n'apporter aucune fausse note à l'instant.

— Wouah, c'est magnifique, s'extasie-t-elle en découvrant le salon dans le noir, seul le feu de cheminée brûle d'un reste de bûche.

Avant de voir ce travail d'une journée s'éteindre, je rajoute une bûche sur les braises et propose à Tess de s'installer non loin, le temps que j'ouvre une bouteille de vin. Je vais chercher un tire-bouchon dans la cuisine et je reviens juste à temps pour la voir se pencher au-dessus du feu pour se réchauffer. La scène m'attendrit. Et je la contemple un instant.

Deux verres à pied tout juste achetés dans une main, ma bouteille dans l'autre, je m'approche d'elle.

Maintenant assise devant la cheminée, je m'agenouille près d'elle.

Tess attrape les deux verres pour que je verse le liquide bordeaux dedans. Elle porte à son nez le vin pour en sentir les arômes. Subjugué par sa beauté, je me contente d'en boire une gorgée. Elle rit face à mon empressement avant de m'imiter. Le goût de l'alcool me paraît délicieux. La chaleur que j'arrivais à contenir jusque-là envahit la totalité de mon corps. Mes sensations s'embrasent et je pose un autre regard sur elle. Plus passionné et désireux.

Sa langue passe sur sa lèvre supérieure où un reste de vin lui rougit la bouche.

Sans réfléchir, j'attrape sa tête d'une main pour plaquer mes lèvres contre les siennes. D'abord hésitante, elle les entrouvre pour m'accueillir. Nos deux mains reposent à tâtons nos verres à pied sur la table basse. Ses doigts remontent le long de mon t-shirt pour s'enfoncer dans mes cheveux. Le feu de cheminée crépite quand elle se redresse, les yeux brillants. Son air est interrogateur. Elle se demande si je suis sûr. Je n'en ai aucune idée. Elle n'a pas vécu des choses simples, comme moi. Mais sa présence me fait un bien fou. À cette simple constatation, je l'attire une nouvelle fois vers moi.

Cette fois-ci, elle ne résiste pas. Se plaquant contre mon corps, elle me renvoie mon baiser. La passion s'empare de moi et je lui retire son pull. La chaleur du feu lui permet de ne pas avoir froid au contact de mes mains.

Je retire d'un mouvement mes vêtements pour découvrir mon torse. La seule lumière provoquée par la cheminée épouse ses formes. J'observe son corps quand elle croise mon regard. Sa manière de rougir me plaît une nouvelle fois, j'embrasse une à une ses joues. Elle explose de rire et me bouscule. Nous nous étalons ensemble sur le sol en bois. Le feu n'a pas encore réchauffé le parquet. Le contact naturel et froid des planches me provoque un frisson avant qu'elle ne se couche sur moi, me faisant oublier tout ce qui m'entoure.

Chapitre 23
Tess

Le contact de sa peau chaude me plonge dans un sommeil sans cauchemars avant qu'une brise fraîche vienne frôler la plante de mon pied qui sort de la couverture. Je replace rapidement chaque extrémité de mon corps sous la couette pour me lover contre lui quand une envie pressante me pousse à sortir du lit.

Je lève les yeux au ciel, espérant ne pas le réveiller pour notre première nuit ensemble quand mon pied heurte le coin du lit. Je retiens un juron en plaquant ma main contre ma bouche. Je sautille et me retiens de chuter à l'entrée de la chambre en me retenant à la cheminée en marbre qui domine la pièce. Mes yeux sont attirés par les bibelots installés dessus. J'étouffe un rire en voyant la figurine d'une femme, peu vêtue au maquillage très prononcé. Un cadeau typiquement masculin. À côté, un cadre photo. Je n'ai pas besoin de sous-titres pour comprendre de qui il s'agit.

Elle montre le visage rayonnant d'un Nolan plus jeune, embrassant sur la joue une jeune femme aux yeux vert émeraude, le sourire aux lèvres. Une femme plus âgée entoure le couple d'un bras protecteur, Madame Welt sans aucun doute, je le vois à son expression rieuse, identique à celle de son fils. Ils respirent le bonheur et une pointe de culpabilité me vient. Le regard épanoui de cette inconnue me met mal à l'aise. Je sors de la chambre pour aller aux toilettes, l'esprit embrumé.

Mes pas résonnent dans la maison vide. Les images de la veille s'imposent à moi quand je me sers un verre d'eau au robinet de la cuisine. Sa bouche sur la mienne. Nos rires partagés durant la nuit. Ses confidences tandis que nos yeux apprenaient à nous découvrir complètement.

J'ai été incapable de lâcher ma contemplation lorsqu'il m'a avoué avoir faim. Il s'est levé pour nous ramener ce que contenait le panier-repas, en restant entièrement nu devant mes yeux. Je l'ai dévoré, profitant de la lueur des flammes de la cheminée pour le voir. Sa peau brillante et bronzée bougeant délicatement à chaque pas. Rien dans son corps ne m'a dérangé. Il n'a pas les mêmes abdominaux saillants que Tomás ou son sourire enjôleur, mais un charme authentique et un naturel envoûtant. Dans ses bras, je me suis sentie aimée et cela m'angoisse.

Sans savoir pourquoi, j'ai cette boule qui se forme dans mon estomac depuis mon réveil. Ses paroles et son contact me reviennent en même temps que la photographie installée dans sa chambre et mes souvenirs de Tomás. Nos passés se mélangent pour devenir un poids intolérable.

Je frissonne, simplement habillée de la chemise de Nolan qui gisait sur l'un des fauteuils du salon. Avant de prendre une quelconque décision, je décide de récupérer mes vêtements éparpillés dans la pièce principale pour éviter de tomber malade. Une fois habillée, je m'attache les cheveux en un rapide chignon et viens m'installer au bord du comptoir de la cuisine. Mon sac y est encore posé. Je fouille à l'intérieur pour sortir mon carnet de notes pour mes rendez-vous professionnels et commence à écrire.

Au début, les mots coulent comme un journal intime. Je me parle à moi-même pour évacuer cette angoissante naissante. Puis, après plusieurs minutes, je me rends compte que l'encre noire qui couvre déjà plusieurs petites pages est adressée aux personnes m'ayant fait souffrir. Je lâche la souffrance des derniers mois. Les déceptions et trahisons refoulées. J'extériorise sur le papier, jusqu'à commencer une page pour Nolan.

Pardon...

Le premier mot révélateur me fait glisser une larme sur ma joue droite. Sans le savoir, j'ai déjà pris ma décision. Et aussi douloureuse soit-elle, je m'y tiendrai. Je continue de lui écrire ce que mon cœur saigne depuis le matin. Je lui parle de notre passé et de nos déchirures. À quel point j'ai peur de vivre une nouvelle fois un amour déchu. Et l'impression de prendre la place d'une personne extraordinaire.

N'aurait-il pas épousé Ellie sans ce tragique accident ? C'est cette question que je me pose sans cesse depuis la découverte de l'article, il y a déjà quelques jours. Devenir le pansement de remplacement d'un fantôme n'a jamais été dans mes plans. Et même si je suis incapable de lui écrire ces mots exacts, le sens y est.

Je verse un torrent de larmes en terminant d'écrire cette courte missive, autant destinée à mon cœur qu'au sien. Mes yeux papillonnent vers la cuisine, ne sachant pas où la déposer. M'interdisant de voir la déception dans ses yeux.

Le four du milieu, d'apparence neuve, me donne une idée. J'en ouvre sa trappe pour déposer de manière assez visible le petit morceau de papier.

Hier soir, il m'a avoué rêver de cuisiner dans cette pièce neuve depuis des semaines. Il compte sûrement le faire dès mon départ. C'est donc l'endroit parfait pour mes adieux.

Chapitre 24
Nolan

Quand je cligne des paupières à mon réveil, je sens que je suis seul dans mon lit. Après un mouvement de bras vers ma droite, je constate que ma sensation s'avère être la bonne. La place à côté de moi est encore vide. Ce constat me bloque la respiration. Le sentiment que je repousse depuis des jours revient instantanément. L'impression d'être abandonné me comprime la cage thoracique.

— Quand cela vous arrive, Nolan, respirez profondément. Vous n'êtes pas seul. Des millions de gens vous entourent et vous aurez le droit au bonheur, me répétait la psychologue que j'avais vue après la mort de mon grand-père quelques mois après celle de ma mère et d'Ellie.

Une manière de me détendre et de me projeter dans le futur en oubliant à quel point ma famille me manquait.

— Quand on perd un proche avec qui nous sommes fusionnels, il est normal de ressentir ce manque, m'avait-elle dit. Dans votre cas, vous en avez perdu beaucoup, en peu de temps.

Je ferme les yeux pour me concentrer sur ma respiration. Mon corps se détend petit à petit et les battements de mon cœur deviennent plus réguliers et calmes.

— Je... J'ai l'impression de n'avoir plus personne à aimer et cela me terrifie, lui avais-je répondu les larmes aux yeux.

Sauf qu'aujourd'hui, ce n'est plus le cas. Tu es entouré. Depuis plusieurs mois déjà. Lucas est devenu un véritable ami, Zoé et Tess récemment rencontrées sont maintenant des femmes importantes pour moi. Mon cercle s'élargit et cette peur incontrôlable de l'abandon s'éloigne petit à petit de moi.

Pour me rassurer un peu plus, je tends l'oreille. Un bruit provenant de la cuisine trahit la présence de Tess. Rassuré de ne pas être celui qu'on laisse au lendemain d'une belle nuit d'amour, je me redresse et enfile rapidement quelque chose. Je vois le dos de Tess, recouvert de son manteau, et je comprends qu'il y a quelque chose qui cloche.

Il arrive parfois qu'on comprenne plus de choses que l'autre lui-même. Que notre esprit analyse la situation avant même qu'elle n'arrive. On croit avoir déjà vécu cette situation, mais ce n'est qu'une illusion de notre esprit, plus éveillé que la normale.

Pendant une fraction de seconde, il détaille les éléments, les réactions et les regards.

C'est ce que je ressens en voyant le dos de Tess disparaître derrière ma porte d'entrée. Malgré ses paroles réconfortantes, prononcées à demi-mot, je sais qu'il y a autre chose.

Sans ressentir une angoisse démesurée, j'assiste à ce que j'ai tellement redouté. Les fondations d'un espoir s'effondrent une nouvelle fois à l'intérieur de moi. Rien comparé au tsunami d'émotions que j'avais déjà vécu, mais suffisant pour me faire vaciller les jambes.

Je me retiens au portemanteau et titube jusqu'à la cuisine, mon lieu pour me ressourcer.

Chapitre 25
Tess

Quand je franchis le seuil de sa maison, une vague de larmes s'écoule sur mes joues. Incapable de me retenir de pleurer, je m'éloigne rapidement de sa rue. Plusieurs fois, je manque de trébucher sur un rebord de trottoir. J'inspire plusieurs fois de grandes bouffées d'air frais pour me calmer sans y arriver.

À l'entrée d'un parc, je décide de m'asseoir un moment pour retrouver un semblant de contenance. Le regard perdu de Nolan tourne dans ma tête. Je n'arrive pas à le chasser de mon esprit. Persuadée de faire une terrible erreur, je me redresse dans l'idée de le rejoindre et de m'excuser. De lui dire à quel point m'engager est difficile depuis Tomàs. Que la peur me tort l'estomac à l'idée qu'il ne m'aime pas assez, pas comme elle...

Le son de mon téléphone m'arrête à l'entrée du petit parc. Je décroche en voyant le nom BILL MAAS s'afficher.

— Allô.

Ma voix est faible, mais je réussis à ne pas sangloter.

— Tess ! Quel bonheur de vous entendre. Vous nous manquez au bureau, j'espère que votre repos se passe bien. Je sais que c'est moi qui ai eu l'idée d'une pause d'un mois loin des affaires, mais si vous pouviez m'accorder quelques jours...

Je n'ai pas besoin de réfléchir une seconde pour accepter. Lors d'un chagrin d'amour, la seule chose qui peut me sauver la vie, c'est le travail.

— Que voulez-vous, Bill ? Je suis à vous, réponds-je.

— Super, s'extasie-t-il. Nous avons un nouveau client dans le secteur amstellodamois. Il aimerait rencontrer notre meilleure négociatrice. Je peux organiser un rendez-vous ?

Je lui confirme et m'éloigne du parc avec l'intention de récupérer un taxi. La circulation fluide me permet de rentrer rapidement chez mes parents. Sur le seuil, comme je m'y attendais, Zoé, les bras croisés.

— Qu'est-ce que tu as fait ? hurle-t-elle en s'avançant vers moi, à peine sortie du taxi.

Je lève les yeux au ciel face à son cinéma. Je ne lui dois rien. À personne.

— Il vient de m'appeler, pour t'empêcher de faire une connerie que tu pourrais regretter, rajoute-t-elle.

Je vacille une fraction de seconde. Il a déjà lu mon mot. Comment... Perdue, je regarde ma sœur, le visage entre l'angoisse et la colère.

— Je n'ai pas l'intention de faire quelque chose de grave, dis-je. Je pense juste à moi pour une fois.

Ma voix sonne faux, mais peu m'importe.

— Je ne compte pas rester ici longtemps, ne t'inquiète pas, lui assuré-je en la dépassant pour rentrer dans la maison.

À mon grand étonnement, elle ne tente pas de me suivre. Je monte dans ma chambre pour récupérer mon ordinateur qui prenait la poussière dans ma valise. Je consulte mes emails, qui se comptent par centaines, et soupire de soulagement en voyant une note numérique de

Kathleen s'afficher sur mon bureau. Je tends la main vers mon *smartphone* et compose son numéro sans le regarder.

— Kat' ?

La voix aiguë, de mon amie et assistante, résonne à l'autre bout du fil.

— Que je suis heureuse de t'entendre, s'exclame-t-elle. J'ai eu Bill hier pour me parler de ton retour de quelques jours. Je t'ai déjà organisé un rendez-vous dans les locaux d'Amsterdam pour cet après-midi. Je t'ai également déniché une perle d'assistant. Jeune diplômé, motivé et prêt à faire ses gammes sur des heures supplémentaires à volonté.

Elle enchaîne les informations sans que je puisse avoir le temps de relever le fait que Bill avait déjà annoncé mon retour hier, avant de m'avoir au téléphone.

— Il a parlé d'une petite pépite dans le coin. J'ai pas bien compris, tu le connais, quand il part dans ses explications.

J'acquiesce avant de prendre deux-trois renseignements complémentaires. Un petit tour rapide dans mes contacts m'apprend que deux entreprises florissantes se vendent sur le secteur de la capitale. Une opportunité qui ressemble bien à un premier coup de filet pour Bill, et notre nouvelle *Holding*.

Je sors de ma chambre, mon sac à main rempli de mon ordinateur et de cahiers de notes quand j'entends ma sœur parler à quelqu'un. Je me fige, espérant ne pas croiser aussi tôt Nolan.

— Le travail, Tess. Concentre-toi sur le travail, me répété-je en descendant les escaliers.

La voix de Zoé meurt dans le combiné du téléphone fixe. Je la vois me fixer avant de raccrocher sans prévenir son interlocuteur.

— Tu ne peux pas laisser Nolan comme ça, commence-t-elle.

Je l'arrête d'un mouvement de main, avant d'abattre ma seule carte de défense.

— J'ai appelé un confrère pour son entreprise. Il devrait avoir une bonne offre d'ici quelques jours. Une sorte de mécénat. Bien mieux qu'il pouvait espérer.

Ma sœur ouvre la bouche pour me dire quelque chose, surprise d'une telle révélation de ma part avant de se retenir. Elle se frotte le visage, semblant réfléchir :

— Pourquoi avoir arrêté au moment où tu redevenais heureuse ?

Elle pointe du doigt l'ensemble du problème. Justement, à l'instant où je suis heureuse, ma vie part en vrille. Les sentiments me contrôlent et viennent gâcher ma carrière et ce que j'ai mis des années à construire. Sachant pertinemment que cette conversation est inutile avec ma sœur, je sors de la maison d'hôtes.

*

Le visage de Bill Maas est cramoisi. Je ne dis rien, sachant pertinemment grâce aux coups de fil de Kathleen, il y a quelques minutes de quoi va parler ce rendez-vous en urgence.

— C'est encore moi, m'a-t-elle dit en me rappelant au moment où je sortais du taxi à l'adresse indiquée dans son email. J'ai réussi à obtenir plus d'informations sur la pépite qu'il veut dénicher en premier. Une petite confiserie qui s'ouvre avec un propriétaire renommé dans le milieu. Un petit génie du sucre et du miel apparemment selon les réseaux sociaux. Il cherche un investisseur… Je n'ai pas pu dénicher grand-chose sur lui. Assez discret, aucune famille, aucune copine. Le bosseur né, avait-elle conclu.

Je ne sais pas vraiment à quelle partie de son discours je me suis arrêtée. Je me revois, le matin même offrir la pépite que mon patron convoite à l'instant, à l'un de mes principaux concurrents. Dans l'espoir de rattraper mon comportement, pour atténuer la douleur de Nolan. Je me mords les lèvres pour m'empêcher de jurer dans le hall de l'immeuble où je viens de rentrer. Quitter Nolan devait m'éviter ce genre de problème ! Énervée, j'ai tenté d'en savoir plus grâce à mon assistante :

— Un génie comment ?

Sa réponse pouvait changer diamétralement la situation. Les réseaux sociaux ont tendance à exagérer le trait du génie.

— L'un des meilleurs de sa génération. Si j'en lis des critiques de professionnels, l'un des meilleurs de la profession actuellement.

Un juron sort de mes lèvres quand j'entre dans la cage d'escalier. Impossible de prendre l'ascenseur si je ne veux pas être coupée dans ma communication avec Kathleen.

— Pourrais-tu appeler Jack Lees et lui dire que mon tuyau n'est plus d'actualité ?

L'éventualité minime qu'un confrère accepte de me rendre une telle aubaine est quasiment impensable, mais je n'avais plus que cette carte à jouer.

Mais maintenant que je suis en face de mon patron et nouvellement associé, je constate que l'ampleur du dégât est encore pire que je ne le pensais. Même avec toutes les bonnes volontés du monde, je n'ai aucune chance d'y réchapper.

— Soyons clair, Tess, vous étiez au courant qu'un tel projet voyait le jour ici ?

Le patron de Lees vient de lui révéler mon tuyau de ce matin, le remerciant d'un tel professionnalisme de notre part. J'acquiesce sans me défendre, sachant pertinemment qu'il ne pourrait pas comprendre la situation. Comment serais-je moi-même capable de défendre l'inexplicable ? La requin que je suis aurait dû tout de suite sauter sur l'affaire. Au lieu de ça, je l'ai aidé à s'émanciper.

— Dites-moi que vous nous avez préparé le terrain ? Une histoire de concurrence ou pire ?

Je l'observe sans comprendre. Dois-je en déduire qu'il me demande de couler Aux Délices d'Amsterdam ? Cette éventualité me soulève l'estomac. L'œuvre d'une vie. Le rêve d'une famille que je dois réduire à néant.

— Tess, si vous n'avez pas une solution à ce dossier, ce n'est pas la peine de vous pointer ici en janvier, déclare-t-il.

Je déglutis face à son ultimatum. Ne cherchant pas à avoir une discussion, il s'éloigne déjà. Je le vois donner de rapides indications à l'assistant qu'on m'a gentiment mis à disposition, puis son costume bleu disparaît dans un bureau.

L'assistant revient tel un toutou affolé.

— Que fait-on ? m'interroge-t-il.

Sans répondre, je prends l'ascenseur pour sortir de ce bâtiment. Une seule idée me vient en tête, mais si je la mets en place, je ne serai pas mieux que Tomás. Peut-être même pire. Et cette vérité me retourne l'estomac.

Chapitre 26
Nolan

Le départ de Tess est à double tranchant. Zoé me promet que ce n'est qu'une passade. Mais j'en suis bien moins sûr. Néanmoins, pour oublier ma peine, je suis obligé de m'activer pour ouvrir ma confiserie dans quatre jours et une motivation sentimentale n'est pas de trop dans la tâche qui m'attend.

21 décembre. Le temps est passé si vite. Moi qui pensais ouvrir mi-décembre, je me trouve acculé sous les retards des travaux et maintenant les commandes des producteurs et de mon grossiste.

— Zack, crié-je.

Le jeune apprenti que Gustave m'a proposé se révèle être un terrible atout. Sa manière de travailler est exemplaire et sa technique de confiserie sans défaut notable. Un manque d'expérience lui fait défaut pour se faire confiance et oser, mais pour cela il ne lui faut qu'un coup de pouce.

Zack arrive, les bras chargés de deux cartons.

Nous sommes dans la boutique depuis plusieurs heures déjà et je sens la fatigue sur son visage.

— Tu peux faire une pause si tu le souhaites.

Ma proposition reçoit un geste de la tête négatif de la part de mon apprenti qui se met à vider les cartons de décoration dans la vitrine.

— Je suis nul pour faire ce genre de choses, m'apprend-il en commençant à accrocher une guirlande rouge sur le devant du comptoir.

En observant sa manière de faire, je constate que ce n'était pas un euphémisme. La pauvre guirlande pend sur quarante centimètres avant de se prendre dans l'affiche des prix des confiseries au miel. Je lève les yeux au ciel en pensant qu'une femme pourrait m'être utile dans ces moments. Avoir un coup d'œil différent et pratique.

Mon téléphone vibre à ce moment-là. Je pose les cartes de visite devant moi, pour y répondre.

— Aux Délices d'Amsterdam, bonjour.

Ma voix est suraiguë, sachant qui rit au bout du téléphone.

— Parfait cette présentation, s'exclame Zoé, amusée. Tout va bien ou tu as besoin d'aide ?

Zack fait tomber une partie de boules de Noël par terre, m'obligeant à avouer notre échec futur à ma seule amie ici.

— De la main-d'œuvre arrive alors, me dit-elle en raccrochant aussitôt.

Rassuré de ne pas avoir à regarder mon apprenti bousiller le peu d'harmonie présent dans la boutique, je recommence à trier les cartes de visites, des *flyers* et petits accessoires en cadeau pour mes premiers clients. Je suis en train d'accrocher les cadres photo représentant des créations de confiseries personnelles quand le bruit de la porte d'entrée me fait me retourner.

Sur le seuil, un sourire contrit sur le visage, Tess me regarde.

Mon cœur fait un bond et je me rends compte à quel point mon humeur maussade lui était destinée.

— Qu'est-ce que tu fais là ?

Je souffle cette question sans chercher à savoir la réponse. Le plus important c'est qu'elle soit devant moi. Je contourne le comptoir pour venir me placer devant elle. Elle porte un vieux pull au col roulé et un jean tâché.

— Zoé m'a dit de m'habiller pour bricoler, m'explique-t-elle, face à mon regard surpris de la voir ainsi vêtue.

Je ris, lui expliquant que nous avons déjà terminé la peinture et les choses salissantes depuis un moment. Elle devient rouge écarlate et je m'empresse de lui avouer notre problème de décoration.

— C'est dans mes cordes, dit-elle en posant son sac à main sur une chaise.

Je la vois se retrousser les manches et pousser mon apprenti pour prendre la tête des opérations. Au vu de sa tête, il paraît soulagé et suit ses ordres à la lettre.

Je la vois prendre plaisir à décorer ma boutique et cela regonfle mon moral. Mon efficacité s'en ressent et j'ai terminé l'organisation globale du magasin en quelques heures.

La salle de préparation à l'arrière est également rangée, n'attendant que la livraison des ingrédients pour ouvrir.

— J'ai reçu un appel d'un confrère à toi, dis-je lorsqu'ils ont fini de décorer. Sa proposition de mécénat a l'air honnête. Il prendrait des parts et m'accompagnerait dans la gestion de la boutique. Je n'aurais qu'à m'occuper de la création sans avoir réellement un chef au-dessus.

Elle m'observe, une moue hésitante sur le visage. Je fronce les sourcils m'attendant à voir une réaction plus expressive venant d'elle.

— Je ne sais pas si travailler avec *Lees* est une bonne chose. Des rumeurs circulent sur lui et sa manière de travailler, glisse-t-elle en baissant les yeux.

Je sens qu'elle me cache quelque chose. Zack comprend que la conversation ne le regarde pas et sort de la boutique pour prendre l'air. Je glisse mon index sous son menton pour l'obliger à me regarder.

— Qu'est-ce qu'il se passe, Tess ?

— Tu ne devrais pas… travailler avec lui, m'avoue-t-elle sans me regarder dans les yeux.

— D'accord, dis-je.

Elle relève les yeux vers moi, apparemment étonnée d'une telle réaction.

— Tess, je te fais confiance. Si pour toi Aux Délices d'Amsterdam doit se passer de cet homme et de son argent, alors je vais lui dire non.

— Je suis tellement désolée, souffle-t-elle.

Une larme s'écroule sur sa joue et je la prends dans mes bras. Comment peut-elle croire que je vais lui en vouloir de m'avoir conseillé un homme qui s'avère ne pas être très fiable ? Mes bras la réconfortent tandis qu'elle sanglote encore quelques minutes, s'accrochant fermement à mes épaules. Son contact me fait du bien et j'en oublie les futurs problèmes qui vont venir s'implanter sans mécène.

— Ton entreprise n'est pas intéressée, je suppose ?

Ma question anodine lui coupe ses pleurs. Elle s'écarte de moi sans répondre.

— Je ne sais pas, peut-être. Je vais tenter de négocier.

Elle me lance un sourire rassurant et j'essuie ses larmes.

— Merci pour tout ce que tu fais, la remercié-je.

Sans prévenir, elle écrase ses lèvres sur les miennes avant de partir sans un mot. Je reste immobile, perplexe. Le goût de ce baiser ressemblait à celui d'un adieu.

Zack rentre l'air fatigué et je lui propose d'en arrêter là pour aujourd'hui, n'ayant aucune manière de cuisiner sans ingrédients.

Il hoche la tête en me souhaitant une belle fin de journée. Je ne rajoute rien sachant pourtant que je vais devoir batailler pour trouver un fournisseur rapidement malgré les ruptures de stock dues aux fêtes de Noël.

Être un jeune dans la course n'a pas l'air d'être évident.

Chapitre 27
Tess

Assise sur un banc, je tente de remettre en place mes idées. Le visage innocent de Nolan me revient sans cesse en tête. Malgré l'envie d'ignorer mes sentiments, je n'arrive pas à me décider.

Il s'est écoulé plus de douze heures depuis que je suis sortie de sa boutique. Et je suis toujours incapable de prendre une décision. Mon téléphone ne fait que sonner sous les appels incessants de Bill que j'ignore.

Son plan est clair. Il n'a aucune intention de l'acheter ayant déjà un client de sa boîte, prêt à créer une chaîne industrielle de confiseries à Amsterdam. Un gros projet, de gros moyens et aucune âme.

Ce qui est le quotidien de mon boulot. Je ne devrais pas culpabiliser. Avaler des firmes familiales pour en faire prospérer de plus grandes, c'est ce pourquoi je suis douée.

Être un requin et pas une guimauve.

Sauf qu'il y a Nolan. Que notre étreinte et ce furtif baiser m'ont fait ressentir ce que je n'ai jamais pu avoir avant. Une relation saine d'une simplicité et d'une profondeur exquise.

Je décide d'aller avouer à Nolan mes manigances et trouver avec lui une solution pour récupérer Jack Lees et sa belle proposition.

Mes pieds marchent lentement sur les pavés recouverts de neiges. La période de Noël sous la neige est magnifique et j'ai hâte d'être dans trois jours.

Mon téléphone sonne une énième fois et je décide d'y répondre en continuant ma marche. Je m'arrête à la vitre de sa confiserie en décrochant.

La voix de Kathleen ne supplante pas l'image que j'ai devant les yeux. La silhouette de Nolan se dégage des rangées de friandises en plastique qu'il a installées là, n'ayant pas encore reçu ses commandes de farines et autres ingrédients indispensables. Je m'apprête à rentrer quand je vois qu'il n'est pas seul. Sa compagnie, féminine et en beauté, est face à lui. Leur discussion a l'air privée. Nolan baisse la tête, dépité, se frottant le visage, tandis que l'inconnue lui passe la main dans le dos pour le réconforter.

À mon plus grand étonnement, il la prend dans ses bras. La scène me tétanise. Je recule pour qu'il ne puisse pas me voir et m'enfuis. En colère et blessée.

— Je ne connais absolument personne à Amsterdam à part Gustave et sa femme, répété-je en souvenir de notre première conversation sur la terrasse du restaurant. Qu'est-ce que tu peux être idiote, m'exclamé-je en manquant de peu de renverser un cycliste dans ma traversée dangereuse de la route.

— De quoi parles-tu ?

La voix de Kathleen me surprend. J'en avais oublié mon coup de fil. Je coupe la conversation sans lui répondre. Des larmes me brouillent la vision. Je déambule, le cœur saignant. Après plusieurs minutes, je décroche mon téléphone sans réellement entendre la sonnerie. Je reconnais la voix dure de Bill Maas. Mes mots sont automatiques, irréfléchis.

— Vous êtes prête, Tess ?

Je réponds « oui » à la question de Bill sans prendre conscience de l'impact qu'ils auront. Ce que je sais, c'est que je souffre horriblement. Que mes entrailles me brûlent, qu'une douleur intense se répand dans mes veines et qu'il va payer.

Chapitre 28
Nolan

Zoé est face à moi le visage déconfit. Je suis assis par terre après avoir perdu l'équilibre face aux révélations de cet homme. Jack Lees est d'une grandeur, imposant le respect. Environ un mètre quatre-vingt-dix de muscles et de jugeote. Bien plus que moi. Le naïf et innocent confiseur.

La bile me monte à la gorge. Je suis dégoûté, écœuré et en colère.

— Je suis tellement désolé, Nolan. Je n'aurais jamais cru qu'elle irait jusque-là pour son travail, répète pour la millième fois Zoé.

Jack Lees, mon futur collaborateur, rit.

— Tess Abspoel ? C'est un requin. Depuis deux ans, elle dévore ses proies en ne laissant qu'un vague souvenir derrière eux et une enseigne rutilante d'industriel sans âme.

Je ne sais pas ce qui est le plus dur à digérer. Le fait qu'elle ose me regarder quelques heures avant en m'assurant que cet homme n'est pas bon pour ma boutique ou qu'elle sache pertinemment la valeur personnelle de mon projet.

— Bill Maas a déjà lancé les chevaux, mais j'ai confiance en vous, Nolan. Vous êtes une pépite, mais si nous travaillons ensemble, je suis désolé de vous le dire, mais la condition que j'étais prêt à oublier est obligatoire.

Je hoche la tête en me redressant. Le prix qu'il me demande n'est pas si difficile maintenant. Avant, il y avait Tess, un avenir pour nous deux. Mais elle a brûlé ça, comme le reste, d'un revers de la main. Zoé m'aide à me relever et je vois, dans ses yeux, sa détresse. En arrivant dans la boutique, il y a une heure, elle m'a giflé. Un peu perdu, je lui ai demandé en quel honneur j'avais droit à cet accueil.

— Parce que tu es un buffle ! m'avait-elle balancé.

Après s'être calmée, elle m'a raconté que Tess l'avait appelée en pleurs pour lui dire que je voyais quelqu'un d'autre. Au début, j'ai cru à une méprise. J'allais l'appeler et réparer ce malentendu quand Jack Lees est entré dans ma boutique pour m'expliquer la situation. Tess n'avait aucune intention de m'aider. Elle m'a simplement fait croire que j'étais un potentiel client pour ne démarcher personne. Même si je n'arrive pas à comprendre pourquoi elle a donné mes coordonnées à Lees, le reste est cohérent. Et faire croire à Zoé que je lui étais infidèle permettait de garder sa sœur dans son camp, quoi qu'il arrive.

Un rapide coup de fil à Gustave et le contrat de collaboration avec Jack Lees est prêt.

Quand je signe, je me sens aussi soulagé que vide. Une part de moi, rêveuse et innocente, part dans cette mallette en cuir.

— Nous allons faire de grandes choses ensemble, m'apprend-il.

Je lui souris et le remercie pour sa confiance en le raccompagnant vers la sortie. Au moment de fermer à clef la porte avant, Zack apparaît en sueur.

— J'ai une idée… commande… nuit… confiserie… trouver… bon… ouvrir… avant.

Sa phrase m'apparaît aussi incompréhensible qu'à Zoé, toujours derrière moi.

— J'ai eu une idée, reprend-il. Un fournisseur peut nous livrer dans la nuit. Si nous ouvrons aujourd'hui en promettant des livraisons à domicile pour Noël, cela peut marcher. Une sorte de…

— Peu importe, si ce Noël est moins bon, Zack, Jack Lees nous suit, le coupé-je.

— Non. Tu voulais un vrai Noël avec tes confiseries, intervient Zoé. Nous allons l'avoir !

Je les observe à tour de rôle. Une lueur déterminée dans le regard.

— C'est impossible, je ne peux pas vendre des confiseries sur papier, il me faudrait un échantillon de chaque au moins !

Zoé fait une moue, tandis que Zack ressort du magasin. Nous restons silencieux jusqu'à ce qu'il revienne, les bras chargés de sac de courses.

— Je suis sûre qu'on a assez pour faire une de chaque, déclare-t-il. Le supermarché ne fait pas de grosse quantité, mais assez pour des échantillons.

Zoé applaudit l'ingéniosité du jeune apprenti et je me retrouve propulsé et enfermé dans la salle de préparation, tandis qu'ils s'occupent de fignoler des détails pour l'ouverture imminente.

Du hublot, je vois Zoé embrasser Zack sur la joue, avant de s'immobiliser tandis qu'il lui explique quelque chose. Je remercie le destin d'avoir mis ces deux personnes sur ma route et m'empresse de préparer mes confiseries.

Chapitre 29
Tess

Un mouvement sec tire le rideau sur le côté. Je roule en boule pour éviter que la luminosité agresse mes yeux. J'entends un soupir et je redresse la tête pour voir la silhouette floue de Zoé, à quelques centimètres de mon visage.

— Qu'est-ce que tu fais là ? grogné-je.

Elle ne répond pas, tirant sur ma couette pour me découvrir. Je hurle sous le froid glacial et tente de récupérer ma précieuse couverture. Les mains de ma sœur y sont fermement attachées. Je plisse les yeux pour lui renvoyer un regard assassin qui n'a aucun effet.

— Tu comptes rester toute la journée au lit ? m'accuse-t-elle.

Je fais une moue boudeuse en faisant mine de me lover sans couverture.

— Lève-toi. Tu dois aller le voir ! C'est son inauguration. J'ai toujours deux invitations, précise-t-elle.

Je me mords les lèvres. L'envie de le revoir est là, c'est indéniable. Mais à notre dernière rencontre, il a été clair. Il ne veut plus jamais me revoir et je le mérite.

— Laisse tomber. Je suis la dernière personne qu'il souhaite voir.

Même si j'aimerais entendre le contraire de la bouche de mon aînée, je sais qu'elle pense la même chose que moi.

— Il... Écoute, ce n'est pas pour lui, mais pour toi que tu dois y aller.

Son excuse est bancale, mais a le mérite de me faire me retourner vers elle. Elle croise les bras, têtue et obstinée.

— Pourquoi ? Tu es de mon côté maintenant ? lancé-je suspicieuse.

— Zack m'a dit que tu étais à l'origine de l'idée livraison, qui a superbement bien marché au passage. Et que tu avais appelé un nombre incalculable de grossistes en faisant jouer tes relations pour qu'il ait une livraison avant Noël. En sachant ça, j'ai compris que tu avais peut-être réellement voulu te venger d'une tromperie. Et même si tu as eu tort, parce que Nolan est vraiment un mec bien et fidèle, je suis heureuse de savoir que tu n'es pas une garce sans cœur.

Je ne réagis pas au fait qu'elle a cru un instant que j'en sois une. Moi-même, je trouve que mon comportement a été assez moche et pitoyable. Je soupire en sortant de mon lit.

— Tu as gagné, on passe devant sa confiserie, mais on ne rentre pas. S'il sort nous saluer... enfin te saluer, on verra. OK ?

Ma réponse semble lui convenir. Elle sautille pour sortir de ma chambre avant de me glisser :

— Fais-toi belle !

Son clin d'œil taquin me fait rire malgré moi. Une boule d'excitation et de nervosité se loge dans mon ventre au moment où je passe sous la douche. Ma préparation ressemble à celle d'une jeune collégienne émoustillée face à son premier rendez-vous.

Pour la première fois depuis des lustres, je prends le temps de me maquiller moi-même et de me faire belle.

Le résultat semble probant. Ma sœur écarquille des yeux émerveillés en me voyant descendre de l'escalier. Mon cœur se tord en me souvenant d'un même regard, de la part de Nolan quelques jours auparavant. Comment la situation avait-elle pu s'envenimer de la sorte ?

— L'appât du gain, ma fille, et la jalousie ne font pas bon ménage, murmuré-je, pour moi-même.

Même si Zoé m'entend, elle ne fait aucune réflexion et me tend le bras, tel un cavalier pour sa promise. Je ris à ses manières et passe un long manteau chaud par-dessus ma robe mauve, offerte par Nolan. Autant mettre toutes les cartes de mon côté, je vais en avoir besoin.

Le trajet en taxi est silencieux. Je connais ma sœur. Son stress doit être quasiment aussi haut que le mien. Elle glisse ses doigts dans ma main et je lui lance un faible sourire en réponse.

Le chauffeur nous arrête à quelques mètres de la devanture. Je vois encore les décorations que j'ai installées avec lui. Mon cœur se resserre et je sors à la suite de Zoé, les jambes tremblantes.

Les pas qui nous séparent du moment fatidique me paraissent interminables. Des silhouettes familières m'apparaissent. En premier, je vois Aurore, Gustave… Puis le jeune apprenti qui me fait un signe de la main, chaleureux.

Je le lui renvoie sans trop savoir ce que je fais ici. Aurore suit le regard du jeune homme et m'offre un très beau sourire encourageant. Zoé pousse la porte et nous rentrons, directement immergées par l'odeur des confiseries de Noël.

— Les commandes de Noël étaient une idée géniale, me glisse l'apprenti en se faufilant devant mes amis. Je n'ai rien dit à Nolan, mais ton idée nous a sauvés de la faillite, c'est certain !

Je lui glisse un timide sourire avant de chercher dans la foule celui que je suis venue voir. Il semble comprendre mon attitude et se gratte la tête, désolé.

— Il n'est pas là. Il est parti avant l'ouverture. Il a quitté Amsterdam. Il m'a confié les clefs pour le moment.

J'ouvre la bouche, interloquée. Mettant quelques instants avant de comprendre de quoi il parle. Puis, la boule que j'avais dans l'estomac remonte dans ma gorge. Des sanglots apparaissent légèrement.

Sans un mot de plus, il me glisse une lettre dans la main et je sors dehors, hébétée. Zoé ne me voit pas partir, prise dans une discussion sérieuse avec Gustave sur l'avenir de la maison d'hôtes.

Mes doigts glissent sur le papier blanc et je soulève doucement la partie scotchée pour ne pas l'abîmer, tel un trésor. L'écriture de Nolan, jusqu'ici inconnue pour moi m'apparaît telle une lame dans ma chair déjà à vif.

Ses mots s'enfoncent en moi et je ne peux me retenir de pleurer, tachant le papier d'auréoles humides et transparentes.

*

Tess,

Il y avait des milliers de manières de nous quitter. Des violentes, des assassines, des cruelles, des... Je pense que tu as compris. Il y avait beaucoup de mauvaises manières pour te dire adieu. Puis, il y avait celle-ci. Bien moins impressionnante. Plutôt concise. T'offrir une lettre pour te dire tout ce que j'ai ressenti à tes côtés. Des sentiments inavouables depuis des années pour moi. Pour la première fois, j'ai de nouveau aimé et haï. Deux sentiments que je gardais précieusement pour ceux qui m'avaient quitté.

J'ai cru, c'est vrai, que toi et moi, nous irions loin. Dans mon esprit, tu étais celle qui me sauverait de mes démons. Je serais celui qui t'aiderait à te retrouver. J'étais naïf, aveugle et amoureux. Je te remercie de m'avoir offert ça. Cette impression de n'être qu'une balle, dans un match de football passionnant. Ballotté à droite et à gauche sous les applaudissements de la foule en liesse. Bien entendu, je ne m'en suis jamais rendu compte. Pas même lorsque la mi-temps est survenue. Je n'ai pas vu à quel point tu étais comme Tomás au mariage. J'ai pris ton parti sans comprendre comment tu avais pu en arriver là.

Ce n'est malheureusement pas ma première erreur avec toi. La toute première remonte à ta descente dans l'escalier lors du départ de tes parents. Des larmes que j'ai vues dans tes yeux. À cet instant, j'ai cru voir une femme incomprise et mal aimée. Sauf que ce n'était que ton ego blessé qui parlait.

Puis, ta chute dans l'escalier de la cave. À cet instant, j'ai oublié tes airs hautains pour ne voir qu'un sourire charmant dû à la peur de te faire mal.

Les raisons de t'aimer sont arrivées par dizaines. Elles annihilaient ce que j'aurais dû voir de toi. Celle que tu es et que tu restes. Une femme d'affaires talentueuse, dont les sentiments s'arrêtent où le business commence.

Au moment où tu m'as expliqué ta relation avec Tomás, j'aurais dû fuir. Mais comment s'éloigner de l'être qu'on aime ? Je n'ai jamais eu besoin de faire ça avec Ellie, elle est partie avant.

Plein d'espoirs, j'ai fermé les yeux sur mes doutes et je t'ai ouvert mon cœur. J'ai cru apercevoir le tien à cette fameuse soirée chez moi. Mais le lendemain, le bloc de glace est revenu. Plus dur, plus froid et surtout naturel. Le voile sur mes yeux s'est envolé à ce moment-là. Je ne l'ai pas compris tout de suite pourtant. J'ai cherché à te retenir. À te montrer que je t'aimais. Et il y a cette fin. La trahison que je t'ai offerte sur un plateau. Ce qu'il y a de plus drôle, Tess, c'est que ce n'est pas à toi que j'en veux. Oh non... Cela serait si simple pourtant. Te hurler dessus et me venger.

Oui, Tess, me venger. Je l'ai vu, l'amour, dans tes yeux à notre dernière rencontre. J'ai vu la chose que je vois chaque matin dans mon miroir depuis des années et que j'arrivais à ne plus voir grâce à toi.

Je vois une âme brisée par un chagrin d'amour.

Tu pensais connaître la douleur d'un abandon avec lui. Tu sais maintenant ce qu'une trahison offre à celui qui trahit.

Je n'ai pas besoin de te haïr, tu le feras toi-même.

Ta trahison est impardonnable. Mais pas pour moi, Tess, pour toi. Tu as trahi le dernier principe qui te restait. Tu as franchi la ligne, celle qui t'empêchera de te regarder dans le miroir, un sourire aux lèvres.

Je n'ai aucune colère. J'aurais tellement aimé te sauver de tout ça. Ne pas t'obliger à ressentir cette culpabilité écrasante que j'ai vécue durant des années.

Le cœur lourd, je te souhaite bonne chance pour vivre avec ça.

Merci de m'avoir fait comprendre qu'on a tous une deuxième chance, je pars la chercher loin de toi.

Nolan

*

Jour de l'an, minuit moins une

Accompagnée de ma sœur, je traverse la place principale d'Amsterdam. Nous croisons de nombreuses familles réunies pour faire le décompte des dernières secondes de l'année. Souvent, dans ce genre de moments, on décrypte le temps passé, les douze derniers mois et l'espoir nourri dans les prochains. Pour notre part, nous restons silencieuses. Zoé pense sûrement à l'année compliquée qui l'attend avec le rachat de la maison d'hôtes et moi, je pense à lui. À cette lettre que j'ai envoyée dans l'Amstel[6], sans un regard. Aux larmes que je n'arrive plus à verser depuis. Personne ne connaît ce qu'elle contient. Je crois que Nolan s'attendait à cette réaction de ma part. Cela ne fait que renforcer ce sentiment de solitude et de culpabilité. Les mots résonnent en moi à chaque seconde. Je pousse un soupir, résignée de devoir passer l'année entière à me morfondre, quand le regard de ma sœur se pose sur moi.

— Je sais que tu souffres pour Nolan, mais… murmure Zoé en me prenant la main quand la foule commence à se regrouper autour de nous.

Être seule avec elle est nouveau et rassurant. Après le départ de Nolan, elle a pris soin de moi. M'occupant un maximum pour que je n'aie pas besoin de penser. J'ai trouvé un logement et venir travailler ici ne me semble plus une si mauvaise idée.

C'est tout de même la première fois que je ne passe pas le décompte avec mes parents. Eux, qui ont tellement adoré leurs vacances qu'ils entament une nouvelle croisière au départ de Dublin dans quelques heures. Des cris impatients résonnent autour de nous. J'inspire, prête à vivre mes

---

6. Nom d'une des deux rivières qui traversent Amsterdam.

derniers moments de l'année. Le visage des personnes que j'aime tourne dans mon esprit à cet instant. Je vois Aurore, radieuse, qui attend mon ou ma future filleule, Gustave et Ingrid, ma mère et mon père, Zoé, Nolan… et c'est dans cet état d'esprit que je décide de terminer la plus belle période de l'année. J'observe le visage rayonnant de ma sœur et soupire de soulagement. Nolan m'a appris des choses essentielles durant son passage dans ma vie et je lui dois bien ça.

— Non. Ce Noël n'a pas de prix, Zoé. Grâce à lui, je viens de retrouver ma sœur.

Elle me serre la main, touchée, avant de murmurer :

— Mais Nolan…

Son départ l'a autant touchée que moi. Elle l'aimait beaucoup et pensait qu'il sauverait sa cadette des démons du passé. Mais pour être heureux à deux, il faut déjà être heureuse seule.

— Si notre destin est de finir ensemble, nous y arriverons. Je crois en la magie de Noël, plus que jamais, soufflé-je en observant le père Noël lumineux devant nous.

Le cadran change à minuit, montrant qu'il reste 365 jours pour le prochain jour de l'an. 359 jours pour observer la magie de Noël d'un autre œil.

J'ai un an pour trouver un moyen de me faire pardonner. Plus de 8 000 heures pour tenter de devenir une meilleure personne.

Pour lui.

Mais surtout pour moi.

Remerciements

En terminant ce tome, je tiens à remercier ceux et celles qui m'ont inspirée et soutenue.

À mon amour pour Amsterdam. La ville des merveilles qui fait vibrer mon cœur depuis toujours.

À ma famille. Surtout ma mère, pour ses conseils, ses lectures et corrections. Un soutien infaillible dans cette magnifique aventure.

À mes premiers fans, mon frère, ma grand-mère et Coralie. Merci d'être vous.

Pour la confiance de mon éditrice Audrey, à l'assistante éditoriale qui me suit depuis août, Alice. Merci à vous.

Au meilleur guide d'Amsterdam, Youri.

Un dernier remerciement à Bryan, d'être lui. Merci pour nos conversations littéraires tardives.

Les remerciements sont légion.

Un immense merci à vous, Lecteurs. Sans vous, l'aventure serait impossible. J'ai hâte de vous faire découvrir la suite de mes histoires et de partager avec vous de nouveaux univers. Tess et Nolan reviennent bientôt.

Vous avez aimé votre lecture?
Découvrez les autres romans des éditions So Romance
disponibles en format papier et numérique.

La Saga des Wingleton
Tome 1 : James
Nina, jeune étudiante de 20 ans, a une vie peu conventionnelle : étudiante le jour, gogo, danseuse la nuit. Difficile de garder sa vie nocturne secrète... Et, comme si la situation n'était pas suffisamment compliquée, il fallait que son professeur, James Wingleton, soit cet être aussi intrigant que sexy... qui ne lui semble pas si indifférent. Arrivera-t-elle à résister à la tentation ? Saura-t-elle protéger ses secrets ? Pourra-t-elle combiner son travail de gogo danseuse avec une relation ?

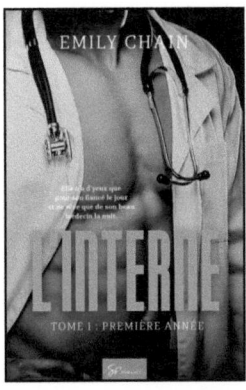

L'Interne
Tome 1 : Première Année
Devoir déménager pour accompagner son fiancé, jeune avocat à l'avenir prometteur ? Pas facile. Mais que dire quand, en plus, on apprend que l'on est stérile ? Le cauchemar pour Julia, qui avait déjà imaginé sa vie de famille... Elle décide donc de reprendre ses études et de se lancer à corps perdu dans son internat dans l'un des plus grands hôpitaux de Los Angeles. Le petit bémol ? Ce beau médecin, Dean, rencontré par hasard quelques jours avant, qui hante ses rêves les plus chauds... Tant que ce ne sont que des rêves, ça va... non ?

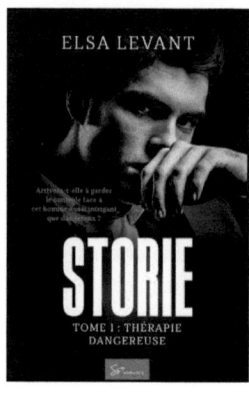

Storie
Tome 1 : Thérapie dangereuse
Lou Fauris s'est toujours considérée comme une bonne psychologue : ses patients la félicitent généralement pour son travail, elle arrive toujours à séparer le professionnel du privé... Jusqu'à lui, Monsieur Guerrand, cet homme sans considération pour les femmes, ce pervers narcissique au manque cruel d'empathie. Arrivera-t-elle envers et contre tout à aider cet homme qui ne vit que pour dominer l'autre ? Lou parviendra-t-elle à dissocier sa position de femme au lourd passé de son rôle de psychologue dans cette thérapie ?

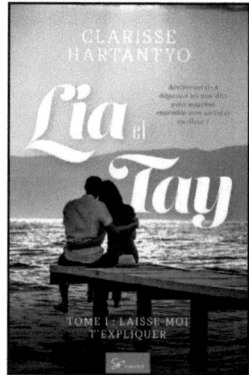

Lia et Tay
Tome 1 : Laisse moi t'expliquer
Entre Lia et Tay, il a suffi d'une rencontre organisée par l'oncle Higgins pour que ça devienne une évidence... Une rencontre inespérée entre une fille solitaire et un garçon aux sentiments à fleur de peau, tous deux tourmentés par leur passé. Une rencontre parsemée de non-dits qui testent leur amour autant qu'ils le renforcent. Arriveront-ils à surmonter les obstacles qui se dressent sur leur route ? Sauront-ils mettre le passé de côté pour donner une chance à un futur à deux ?

Pour en savoir plus
www.soromance.com

© Éditions So Romance, 2019 pour la présente édition

Éditions So Romance
159 avenue de la Couronne
1050, Bruxelles
www.soromance.com

D/2019/14.771/52
ISBN : 9782390450924

Maquette de couverture : Philippe Dieu
Photo : © 4 PM production / Shutterstock